昭和の名短篇

荒川洋治編

中央公論新社

目次

昭和の名短篇

灰色の月

志賀直哉

■しが・なおや　一八八三〜一九七一
宮城県生まれ。主な作品『城の崎にて』『暗夜行路』
初　出　『世界』一九四六年一月号
初収録　『志賀直哉自選短編集』下巻（細川書店、一九四七年）
底　本　『志賀直哉全集』第七巻（岩波書店、一九九九年）

東京駅の屋根のなくなった歩廊に立っていると、風はなかったが、冷え〳〵とし、着て来た一重外套で丁度よかった。連《つれ》の二人は先に来た上野まわりに乗り、あとは一人、品川まわりを待った。

薄曇りのした空から灰色の月が日本橋側の焼跡をぼんやり照らしていた。月は十日位か、低く、それに何故か近く見えた。八時半頃だが、人が少く、広い歩廊が一層広く感じられた。

遠く電車の頭燈《ヘッドライト》が見え、暫《しばら》くすると不意に近づいて来た。車内はそれ程込んでいず、私は反対側の入口近くに腰かける事が出来た。右には五十近いもんぺ姿の女がいた。左には少年工と思われる十七八歳の子供が私の方を背にし、座席の端の袖板《そでいた》がないので、入口の方へ真横を向いて腰かけていた。その子供の顔は入って来た時、一寸《ちょっと》見たが、眼をつぶり、口はだらしなく開けたまま、上体を前後に大きく揺《ゆす》っていた。それは揺っているのではなく、身体が前に倒れる、それを起す、又倒れる、それを繰返しているのだ。居睡《いねむり》にしては連続的なのが不気味に感じられた。私は不自然でない程度に子供との間を空けて腰かけていた。

有楽町、新橋では大分込んで来た。買出しの帰りらしい人も何人かいた。二十五六の血色のいい丸顔の若者が背負って来た特別大きなリュックサックを少年工の横に置き、腰掛に着けて、それに跨《また》ぐようにして立っていた。その背後《うしろ》から、これもリュックサックを背負った四十位の男が人に押されながら、前の若者を覗《のぞ》くようにして、

「載せてもかまいませんか」と云い、返事を待たず、背中の荷を下ろしにかかった。

「待って下さい。載せられると困るものがあるんです」若者は自分の荷を庇《かば》うようにして男の方へ振返った。

「そうですか。済みませんでした」男は一寸網棚を見上げたが、載せられそうもないので、狭い所で身体を捻《ひね》り、それを又背負って了った。

若者は気の毒に思ったらしく、私と少年工との間に荷を半分かけて置こうと云ったが、

「いいんですよ。そんなに重くないんですよ。邪魔になるからね。おろそうかと思ったが、いいんですよ」そう云って男は軽く頭を下げた。見ていて、私は気持よく思った。一ト頃とは人の気持も大分変って来たと思った。

浜松町、それから品川に来て、降る人もあったが、乗る人の方が多かった。少年工はその中でも依然身体を大きく揺《ゆす》っていた。

「まあ、なんて面《つら》をしてやがんだ」という声がした。それを云ったのは会社員というような四五人の一人だった。連の皆《みんな》も一緒に笑いだした。私からは少年工の顔は見えなかった

が、会社員の云いかたが可笑《おか》しかったし、少年工の顔も恐らく可笑しかったのだろう、車内には一寸快活な空気が出来た。

その時、丸顔の若者はうしろの男を顧み、指先で自分の胃の所を叩きながら、

「一歩手前ですよ」と小声で云った。

男は一寸驚いた風で、黙って少年工を見ていたが、

「そうですか」と云った。

笑った仲間も少し変に思ったらしく、

「病気かな」

「酔ってるんじゃないのか」

こんな事を云っていたが、一人が、

「そうじゃないらしいよ」と云い、それで皆にも通じたらしく、急に黙って了った。

地《じ》の悪い工員服の肩は破れ、裏から手拭で継《つぎ》が当ててある。後前《うしろまえ》に被った戦闘帽の庇《ひさし》の下のよごれた細い首筋が淋しかった。少年工は身体を揺らなくなった。そして、窓と入口の間にある一尺程の板張《いたばり》にしきりに頰を擦りつけていた。その様子が如何にも子供らしく、ぼんやりした頭で板張を誰かに仮想し、甘えているのだという風に思われた。

「オイ」前に立っていた大きな男が少年工の肩に手をかけ、「何所《どこ》まで行くんだ」と訊いた。少年工は返事をしなかったが、又同じ事を云われ、

「上野へ行くんだ」と物憂そうに答えた。

「そりゃあ、いけねえ。あべこべに乗っちゃったよ。こりゃあ、渋谷の方へ行く電車だ」

少年工は身体を起こし、窓外《そと》を見ようとした時、重心を失い、いきなり、私に倚《よ》りかかって来た。それは不意だったが、後でどうしてそんな事をしたか、不思議に思うのだが、其時は殆《ほとん》ど反射的に倚りかかって来た少年工の身体を肩で突返した。これは私の気持を全く裏切った動作で、自分でも驚いたが、その倚りかかられた時の少年工の身体の抵抗が余りに少なかった事で一層気の毒な想いをした。私の体重は今、十三貫二三百匁《め》に減っているが、少年工のそれはそれよりも遥《はるか》に軽かった。

「東京駅でいたから、乗越して来たんだ。——何所から乗ったんだ」私はうしろから訊いて見た。

少年工はむこうを向いたまま、

「渋谷から乗った」と云った。誰か、

「渋谷からじゃ一トまわりしちゃったよ」と云う者があった。

少年工は硝子に額をつけ、窓外《そと》を見ようとしたが、直ぐやめて、漸《よう》く聴きとれる低い声で、

「どうでも、かまわねえや」と云った。

少年工のこの独語《ひとりごと》は後まで私の心に残った。

近くの乗客達も、もう少年工の事には触れなかった。どうする事も出来ないと思うのだろう。私もその一人で、どうする事も出来ない気持だった。弁当でも持っていれば自身の気休《きやすめ》にやる事も出来るが、金をやったところで、昼間でも駄目かも知れず、まして夜九時では食物《くいもの》など得るあてはなかった。暗澹たる気持のまま渋谷駅で電車を降りた。

昭和二十年十月十六日の事である。

草のいのちを

高見　順

■たかみ・じゅん　一九〇七～六五
福井県生まれ。主な作品『如何なる星の下に』『いやな感じ』
初　出　『新人』一九四六年二月号
初収録　『今ひとたびの』（鎌倉文庫、一九四六年）
底　本　『高見順全集』第十巻（勁草書房、一九七一年）

門の木戸が開け放しに成っている。入ろうとすると、小さな黒犬が初めての訪問者である私の足許に擦り寄って来て、私が宛《あた》かもその家の主人であるかのように、じゃれついた。門のなかは延び放題の雑草が、左様、私の蓬髪のごとくに乱れ枯れている。

「今日は――」

空巣強盗横行の折柄、玄関の硝子戸は流石《さすが》に閉じてあったが、開けて訪れの声を挙げると、家のなかから返事の代りに女の派手な歌声が聞えてきた。

「今日は――」

やや声を張りあげて玄関の中に入った。すると、レコード歌手の癖を真似てブルースを歌っているややすさまじい声が、突然、笑い声に変った。この家の主人が無事に上海から帰って来て家族も陽気に成っているのだなと察しながら、しかし私の声は怒っているような大声で、三度目の今日はを言うと、

「はーい」どたどたと廊下を走る、男の子のような足音とともに、これも男の子のような短い半ズボンを穿《は》いた小柄で肉附のいい少女が出てきて、

「いらっしゃいませ。――お姉さん！　倉橋さんよ」

あとのは家の奥に向って、――だが、私への挨拶とそのあとの何か救いを求めるような声とはまことに間髪を入れずといった塩梅であったから、こう続けて書くのが写実的であろうか。これは和服の、ここの細君が手をふきふき出てきて、

「さあ、さあ、どうぞ」

しかし靴を脱いで上るには、もう一度私は芝居の稽古の小がえしか何かのように玄関の外に出て、私の足にじゃれついてやまない黒犬をそうして硝子戸の外に締め出さなくてはならなかった。細君からそう頼まれたのである。座敷に通され、「相変らず犬が居ますな」と私は、上海で知り合ったその細君に言った。子供の無い細君は上海でも、犬を可愛がっていた。虹口《ホンキュウ》のその家では大きな犬が家中をわがもの顔に濶歩していたが、ここの黒犬は犬として扱われている。

「あの犬、駄目なのよ。うちに迷い込んで来たのよ」と細君は言った。

「可愛いが、ああ人なつっこくては……」

「あれでも通行人には吠えるんですよ」

「そして家に入ってくるのには吠えない。逆じゃないですか。――内瀬君は?」

「すぐ帰って来ます」

「留守?」やや奇声に近かった。

「ゆっくりしてって下さい」

「内瀬君は、どこへ？」

「大丈夫。すぐ帰ってくるわよ」

「内瀬君の顔だけ見て今日は帰りたかったのだが」

「駄目よ。そんなこと」

「こっちも駄目なんだ、長居は」

その昼、――というのはその時すでにもう夕刻であったからだが、かねての約束で知人の作家を訪れるべく、私の家から電車で二つ目のこの町に来て、偶然この細君に道で会い、良人《おっと》の内瀬が上海から突然帰って来たと言われて、

「内瀬君が？　よかった、よかった。元気？　すぐ飛んで行きたいのだが、ちょっと用事があるんで。用を済ませたら夕方でもきっと伺いましょう。顔だけでも見に、必らず……」

――という訳でここへ来たのだが、私の家の方へはまた別にその夕方、親戚の者が来る筈に成っていた。

「どうしようかな」

「すぐ帰ってきますわよ」細君は怒ったように言って「丁度お刺身があるの。一緒に食べましょうよ」

「弱ったな。いや、遠慮じゃないんだ」

親戚の者と夕食を共にしなくてはならないのだと言うと、

「大丈夫よオ」

「………」

私は苦笑して、揃えた膝を胡坐《あぐら》に崩した。このやんちゃな（我儘と言うよりそう俗語で言う方がぴたりとくる、この）細君が、そしてまたずぼらな（磊落《らいらく》などと言うより、この方が適確ではないがやはり向いている）良人の内瀬が、つまり夫婦が私には妙に魅力があった。小心翼々たる私には——。

台所からは突飛な歌声が聞えてくる。十二月だというのに半ズボンを穿いた突飛な細君の妹が歌っているのである。その台所へ、妹と違って痩形の細君が行って、茶の用意にしてはながすぎ、又茶碗の音などがしすぎるとおもったら、軈《やが》て、

「あたし、お腹《なか》がペコペコ」

そう言って、細君が刺身の皿など、盆にいっぱい載せて入って来た。「さあ、食べましょう」

「食べましょう？　内瀬君は？」

「いいのよ。あの人、また遅いんだから」

「遅い？」

「いえ、そう遅い訳じゃないけど……」

「飲んでるのかな。飲み出したら内瀬君はながいから……」

「いいえ、K—さんの奥さんのところへ行ったんだから、お酒は飲む訳ないの。すぐ帰って来ますわよ」

K—さんというのは内瀬が勤めていた上海の新聞社の重役の名で、まだその人は向うに残っている。その奥さんに向うの様子を報告に行ったのである。御飯を出された。御飯といえば、上海では、しょっちゅうこの細君のところへ行って、

「おしんこのうまい奴で、奥さん、お茶づけを食わせて貰えんですかな。——贅沢言ってバチが当るようだが、脂っこい支那料理の宴会つづきで、どうも参った」

そんな調子で、やれ、塩鮭の皮が食いたいの、辛子をきかした納豆が食いたいの、やれ、魚など入れない湯豆腐が食いたいのと、上海にも日本料理屋はあるのだが、料理屋とか旅館では食えない家庭の惣菜、それが実際無性に食いたくなり、特に私の好みの変なものをまるで無理難題をふっかけるようにして注文して、さんざ御馳走に成った身としては、ここで下手に御飯を拒んで、この気のいい親切な細君の好意を傷つけることは出来なかった。

私の家では今頃、妻が親戚の者に出す夕食の用意をもう済ませて、私の帰りを今か今かといらいらして待っていることであろうと思いながら、私は出された刺身を、わざと舌鼓を打ったりしてそうして自分を上海の時の私にして、食ってのけた。ややヤけくそであった。夕食に必らず帰ると言って出た日は、妻は私の帰るまで食事を待っているのだが、こうい

うのもこの頃糾弾されている「封建的」と言うのであろうか。玄関に戸のあく音がした。それ、帰ってきたと私は箸を置いて耳をすませたが、細君も同じく耳だけ働かせて、別に立ち上ろうとせず、三和土《たたき》を踏む下駄の音が聞えると、△△さんだわと言った。そして、ひとりで上って来た客に、細君の妹が、

「こっちよ」

客は、おうと言って、唐紙をあけ、

「お客さんですか」

「いいのよ。お茶でもおあがんなさい」

そう言って細君は、客の青年を、店を一緒にやっている人だと私に紹介した。半月ほど前から細君は表通りの店を借りて進駐軍相手の土産物屋をはじめていた。内瀬がいつ帰ってくるか分らなかったので、そうして自活の途を講じたのであろう。青年は焚火《たきび》にあたるような中腰の姿勢で火鉢代りの電気焜炉《こんろ》に手をかざしていたが、先きに二階で計算をやっていると言って、間もなく出て行った。

「おかわりいかが」と細君が私の吸物椀に手を向けた。

「おいしいでしょう」

「大変結構」

鯛のうしおである。

「どう、おかわり」

「いや、もう結構」

食事が済み雑談をしていると、また玄関の戸があいた。

「いよいよ、帰って来たな」

荒々しく戸を締める音に、

「清治さんだわ」細君の妹が眉を寄せて立ち上った。

千客万来だなと私が言うと、内瀬の弟だと細君が言った。細君の妹は廊下に出て行って、内瀬の弟と何か言葉を交していたが、あたふたと座敷に戻ってきて、

「大変、大変。爆撃がはじまると大変」

そう小声で言って、お鉢をかかえて廊下へ飛び出た。と思うとまた忽《たちま》ち駆け戻ってきて、うしおの鍋を持って、――宛《あた》かも鼠がものを曳いて行くようにして、そうして別室にお膳立てをして、帰ってきて、

「おお恐い恐い」

「機嫌が悪いの」

「いつも――」

声をひそめて私に言うと、彼から話題をさえ避けるように細君は、

「貞ちゃん。お蜜柑、まだあったわね」と妹に言った。

のレヴィウ・ガールをおもわせる。細君は蜜柑を私にすすめると、
「ああ忙しい」妹は、ぴょんぴょんと跳びながら、また廊下に出た。裸かの足が舞台稽古
「倉橋さん。妹が女優に成りたいッて言ってんですけど、どこがいいかしら」
「ほう――」
「この間、松竹の女優募集に行ってパスしたことはパスしたのよ」しかし本人は新劇団に
入って芝居をみっちり勉強したいと言って、撮影所には入らなかったと言う。
「ふーん」
もと、某大学の学生の作っている劇団に入っていて、そこのスターだったと言う。戦争
中は慰問に廻っていて、
「婦系図《おんなけいず》のお蔦なんか、とても好評だったんですッて」
「ほう――」
「B―座なんかどうかしら」飜訳劇をよくやっていた新劇団である。
「ふーん」
貞子という名のその妹は、まるで叱られているみたいに項垂《うなだ》れて畏《かしこま》っていた。脚が短
いせいか、畏った膝がこんもりと高く、半ズボンのベルトを固くしめたお腹が食べすぎの
子供のように丸く飛び出ている。齢を聞くと二十一とのことだったが、半ズボンで跳ねて
いる小柄な彼女はまだまるで子供のようだった。

「ふーん」

「いやねえ。唸ってばかりいて」

「あ、いや」

私は平手で自分の顔を乱暴に撫でおろした。そうして心に纏わるもろもろのおもいを拭い落そうとするかのように。

私は意外と突飛の感に、細君の言葉のいよいよ出でていよいよ奇なのに、驚き唸っていたというだけではなかった。思えば、戦争前は、しばしば、こういう女性、こういう女優志願の言葉に私も会ったものだが、戦争中は絶えて無かった。それがまた復活した。嵐が過ぎて若草が萌えはじめようとしている。

戦争が終った、——実にそういう感じだった。大袈裟と人は取るかもしれないが、細君の妹の女優志願ということから、ああ戦争が終ったのだ、嵐は過ぎたのだと、切実に私は感じたのであった。事柄としては詰らぬ些細なことでも、そこから案外に深い感慨が汲まれるということが世にはままあるものだが、この場合が正にそうであった。

細君はしかし私の外見から、その事柄に就いての関心と誠意が私に無いらしいと察したのか、二階で今日の売上げの計算をしている店の協力者をひとりで放って置いては悪いからと、卓袱台《ちゃぶだい》を離れた。けれど、私はほんとうは反対に関心と誠意とを持ち過ぎたのであった。それ故、細君が二階に去ってその妹と二人きりに成ると私の口はいよいよ重く成った。

昔はよくこういう女性がいたものだという回顧は、そういう女性が同時に、私の知っている限りではみな志を得ないでなかには不幸な運命に陥ったものも少くなかったという傷心と結びついていた。あの貞子という無邪気な女性がまた同じ運命を辿るのだろうか、そうおもうと、無責任に看過するに忍びない気持が起き、出来ればここで阻止すべきかもしれないと考えた。けれど——私はまた考え直した。そうは言っても、志を得たひとだってあるのだから、ここでむげに希望の芽を摘みとるようなことを言うのも、どんなものだろうか。それも亦、看過の無責任と同様、一種の無責任と言えるかもしれない。伸びようとする芽は、兎に角伸ばしたがいいのではないか。嵐の後の若草の明るく逞しい成長力が心に来た。

「もしほんとうに真剣な気持だったら、B—座の文芸部に僕の友人がいるから紹介してあげてもいい」と私は漸《よう》く口を開いた。「しかし兄さんだっていろいろ知り合いがあるのだから、兄さんに頼んだ方がいいかもしれないな」

「兄さんには言ったって駄目だと姉さんが言うんです」

「駄目？」

「なに言ってんだいと、相手にしてくれないッて言うんです」

「ふーん」

「だから、お願いしますわ」

貞子は、ぴょんと立ち上って、電気焜炉の側に来た。そして手をかざしたが、その手は赤くふくれていた。寒さの為というより、なんだか、血がいっぱい溢れている、そんな風に感じられた。

「この間うち、軽演劇の一座に入ってたんですけど、文芸部の人がアチャラカ芝居では惜しいと言うんです」

「ほう――」

「才能があるからしっかり勉強するといいと言うんです」

「ふーん」

と言って、彼女の顔に眼をやると、それまで顔をまともに見てなかったのか、見ても気がつかなかったのか、――おやと眼を見張らせる可愛さだった。

又もや玄関の戸のあく音がした。しかし私はもう不貞腐《ふてくさ》った気持で、内瀬を期待しなかったが、入ってきたのはやはり内瀬でなく、内瀬の友人でまた私の友人でもある男だった。

彼は酔っていた。私の顔を見ると直ぐ、

「倉橋君。君はどう考える。文化、文化と言っているがねえ、劣等国の文化は劣等文化じゃないか、馬鹿馬鹿しい」

彼はひとりで喋り立てた。

「日本は一流国から劣等国に落ちた。しかし文化の点だけでも、せめて一流国たろうと言うのがいるねえ。馬鹿馬鹿しい。劣等国に一流の文化が生れるものかね。しかも僕は、もともと日本は劣等国だと言いたいんだ。何が君、一流国なものか。馬鹿馬鹿しい。はじめから劣等国じゃないか。貞子さん。さっきの殺人ウィスキーを持ってこいよ。倉橋君をしらふで置いとくことはないだろう。なに、倉橋君、殺人ウィスキーと言ったって、僕が昼間ここで飲んでこの通り死なないんだから大丈夫。僕に飲ませて、ためして見ようと思ったんだそうだ。——おい貞子さん、持ってこいよ」

……………………

二三日後、私は私が既に試験して殺人の恐れのないことの分っているブランデーを、帰国祝いにと、内瀬の家へ持って行くと、これはまた、——玄関の三和土《たたき》にいろいろの穿き物が散乱していて、その穿き物の主の若い男女が、アコーディオンの傍若無人といった大きな音に合わせて狂躁的に歌い興じている声が、私の耳に、というより私の顔にわッと襲ってきて、私を驚愕させた。取りのこされた黒犬がこれも狂躁的に私の足にじゃれついたが、これもじゃれるというよりは、三和土の穿き物をひっかき廻している如くである。

「今日は！」

絶叫に近い声を挙げたのであるが、通じない。私の声が悲鳴に近寄った頃、やっと通じたが、応接間からどやどやと、玩具箱でもひっくり返したように、数多の男女が飛び出てきて、更に私を面喰わせた。その男女のなかから細君が、

「おあがんなさい」

と言うのに、私はこの間で懲りたからもうその手は食わぬといった顔で、内瀬君は？

と尋ねた。

「二階にいます」

そう聞いて安堵の腰を上框《あがりがまち》におろして、

「この間、熱があったようだが」

「それがずっと、とれなくて、今日も寝てるんですよ」

「寝てる？」

「大丈夫よ」

細君は階段の下へ行って、

「あなた！　倉橋さんよ」

熱があって寝ているというのにこの騒ぎはなんとしたことだろう、貞子が言ったアチャラカ芝居の連中であろうかと、私は口をへの字に曲げて階段を昇って行った。外から声を掛けて襖をあけると、その鼻先に若い男が眼を爛々と光らせて仁王立ちに突き立っていて、またもや度胆を抜かれた。その男を内瀬の弟の清治と気付いたときは、彼は私の横をする

りとすり抜けるようにして出て行った。

「いま、あいつに意見していたところだ」

内瀬は寝床の上に胡坐を掻いていた。「可哀そうは可哀そうなんだが、すっかりぐれちまいやがって、弱ったもんだ。不良のうちはいいが、強盗にでも成られたらかなわない」

寝間着が小さく、何か中味が弾け出ているみたいに胸がはだけ、肥った腿もズボン下が丸出しで、寝間着などは尻の下に敷かれている。

「寝て居給え」と私は言った。

「なに、こうしている分には……」

顔が赤かった。やはりデング熱か何かの再発らしいと彼は言った。過日、私をさんざ待たせてやっと現われた彼は、やはり顔を赤くしていたので、飲んできたのかと思ったら、熱があるのだと言うので、

「疲れだな。——」同情の眼を私は注いだが、すぐ、

「しかし、ちっとも変らんね。ちっとも痩せないじゃないか」

私のひそかに予期したような悲惨な形相をしていないのを不満とするような私の声であった。上海で一緒に飲んでいたときと変らない、肥った逞しい感じの内瀬であった。ハッハッハッと彼は笑った。

「みんな、どうしてるかね。上海の連中は……」

「みんな、まあ宜《よろ》しくやっている」彼は悠然と言った。

「そうかね」私の声は期待を裏切られて落胆しているとも取れたであろう。私は上海にいる私たちの共通の友人の名を次々にせっかちに挙げたが、みな元気で飲んでいると、内瀬は肥った腿を叩きながら、こともなげに言った。

「飲んでる？」

「ああ。相変らず飲んでいる。こんな妙な奴でなく……」

そう言いながら臭いウイスキーを、酒好きの彼はちゅうと飲んで、そして私も知っている友人の名を二三言って、

「ホワイト・ホースが一本手に入ったので、連中と別れの宴をやってきたが、一本九万弗《ドル》の奴を一晩で飲んじまった。愉快だったね」

景気のいい話だろうと言う。よすぎて、へえッと私は眼を丸めたが、内瀬は自分の腕時計が百二十万弗で売れたので……と言った。つまらん腕時計ひとつでホワイト・ホースが一ダース買えるのだから、九万弗を一遍に飲んだと言っても驚くにあたらないというのである。

「なるほど――」私は胸を撫でおろした顔で「てえと、洋車《ヤンチョ》なんかも、――そうだ、僕が上海にいたのは去年の丁度今頃だったな。あの頃、洋車が二百弗というんで驚いていたが……」

「一万弗でもいい顔はしないだろう」

しないだろうと不明瞭な言い方をするのは、上海の日本人は虹口にみんな集められていて、それ以外への外出は禁じられている故と知らされた。

「で、なにかね、虹口に集った日本人が、中国人に迫害を加えられるというようなことは無いかね」

「先ず無いね」

中国人はなんと言ったって大国民さと横から酔った友人が言った。

「日本についてからが寧ろ苦労した。……ここへ辿りつく迄……」

「上海では然し結局みんな居食いなんだろう」

「洋服を売ったり靴を売ったり……」

「とも食い？」

「いや、中国人が盛んに買いにくる」

やはり苦労は苦労らしいが、事にこだわらない彼の口から聞くと、その苦労も何か面白そうである。内瀬は終戦の半年ほど前に現地召集を受け、星なしの一兵卒としてひどく苦労を嘗めたらしいが、その苦労も苦労として語らない。磊落な彼のそうした明るさは快かった。しかし彼はこんなことを言った。

「これからみんなにいちいち上海の報告をしなくてはならんかとおもうと、憂鬱だね。暗い想像をしているペシミストには明るい話をし、それから楽観論者にはいくらか暗い話をせにゃならん。面倒臭いねえ」

――臭いウィスキーを仕方なく飲んでいる彼に、その夜、私は手離しがたいブランデーを手離すことを約したのだが、これだと言って差し出すと、

「有難い。早速やろう」

そして、あいつにも飲ませてやろうと言って「清治！　清治！」と階段の上から呼んだ。応接間ではアコーディオンと合唱がつづいていたので大きな声を張りあげなくてはならなかったが、すると、下から女の叫び声が聞えて来た。歌声がやんで怒声がこれにかわった。

「家の中がまるで、めちゃめちゃだ」

内瀬はそう言って階段を降りて行った。私は部屋に残っていたが、内瀬の弟が応接間に飛び込んで乱暴を働いているらしいことは、見ないでも分った。その弟の激情は私に同感できた。内瀬は弟の胸倉を摑んで曳き摺りあげるようにして二階へ連れて来た。顔を蒼くした弟は、捕えられた猛獣のように眼を光らせて部屋の隅に坐った。

「あんな奴等、問題にするな」と内瀬は言った。「問題はお前の気持だ。お前の気持を今日は倉橋君にも言ってみろ」

弟は特攻隊の復員兵だった。何かというと乱暴をして困るとこの間の晩、細君もこぼしていた。

その細君がグラスを持ってきて、アコーディオンをこわしたら、どうするの」

「困るわ、清治さん。下へ行ってろ！」怒鳴ったのは内瀬であった。

「うるさい。

「この間、劣等文化論が出たとき、倉橋君はたとえ劣等文化というのが宿命的なものでも、だからと言って、絶望して何んにもしないということは出来ない。こう言ったね。さっき清治にその話をしていたのだ。——生きなくちゃならない。生きる以上は立派に生きたい。どんな人生にしろ、人生は二度と無いからなア。おい、清治、飲め」

弟はブランデーをがッとあおった。骨格は兄と同じく岩乗《がんじょう》だったが痩せていた。それだけ標悍《ひょうかん》に見えた。私たちの間に、しばらく無言がつづいた。

「人生は二度と無いんだ。なア、清治」

やさしく内瀬が言いかけると、

「だから自分の人生を大切にしろ、——もういいですよ。僕には人生なんか無いんだ」

「無い訳は無い」

「無いッたら無いんだ」

「ある！」

「無い！」

「お前はそうやって生きてるじゃないか。生きてる以上……」

「生きてても死んでるのと同然です。僕はもう、一度死んだ身体だ」

「死んではいないじゃないか」

「だから、そのうちに死にますよ」

「馬鹿！」

しかし内瀬は笑っていた。「箸にも棒にもかからない。そう死にたいんなら、早くさっさと死んじまえ。お前みたいのは生きてても何んにもならんかもしれんな。だから死んだ方がいいかもしれん。しかしまあ、死ぬ迄は、他人の人生の害に成らんようにすることだ」

私は何か言わなくてはならない破目に陥っている自分が感じられた。だが訓戒めいたことは言い難い自分をも同時に感じていた。内瀬の弟の自暴自棄に同感しているのではなく、絶望に甘えているのに苦々しささえ覚えさせられたが、それを指摘する気にもなれなかった。ただもう死ね死ねと教えた特攻隊なるものの残虐さも憤ろしく、その為の彼のひねくれが哀れ深く思われもしたが、彼が自ら立ち直る努力を捨ててかかってただ絶望的混迷に溺れ甘えているのも愚かしく腹立しかった。

この家の門の中の雑草の乱れが、ふと心に来た。それがそのままこの家の象徴のごとくにも思われた。内瀬の弟の、乱れた枯草のような絶望も愚かしければ、内瀬の妹の、いわば絶望と対蹠的な、絶望をひとつの極端とするとこれはまた他の極端とも言う可き心、それも急に愚かしく思われ出した。

しかし貞子の場合は、枯草ではなくこれから伸びようとする芽であった。そこに救いがある。

「貞子さんは女優志望なんだね」

話が違うが、と私は言った。「何か危いなと思った。しかし……」はじめは危惧を感じたけれど、やがて伸びようとする芽はとにかく伸ばした方がいい。そうした肯定に落ちついたと私は過日の自分の気持を語っているうちに、たった今愚かしいとした感じも薄らぎ消えて行った。私はそして、うちから堰《せ》き上げてくるものをいきなり投げ出すように、

「来年の春まで、――若草の萌え出る時まで、まあ待つんだな」

内瀬の弟に向って、突然、そう言った。他人には連絡のない唐突感を与えたであろうが、私には無連絡なのではなかった。戦争の最中《さなか》、外的な重圧と内的な行き詰りから私は暗い絶望に捉われ、藻掻けば藻掻くほどずるずると深みに沈んで行く泥沼のような虚無に陥ったことがあったが、それが、ふと、なんでもない雑草の群の、なんの力《りき》みも気取りもひがみもない、ただもう生命の素直で強靭な営みとして、青々と美しく生い繁っている姿を眼にしたとき、これだと急に救われた。それを私は思い出したのだ。若い女を若草に思いくらべたことから自然に呼びおこされた思い出であった。

「草のみずみずしい緑を眼にすると、君も心持が変るだろう。きっと変る。君は君の生命

を、君の生をいとおしく大切に思うようになる。きっとなる！」

弟も内瀬もきょとんとしていたが、私はまた突然、詩のようなものを歌い出した。

われは草なり
伸びんとす
伸びられるとき
伸びんとす
伸びられぬ日は
伸びぬなり
伸びられる日は
伸びるなり

感傷的な私の声は私のうちに酔いを呼び、酔いは私の声をいよいよ感傷的にした。

われは草なり
緑なり
全身すべて

緑なり
毎年かわらず
緑なり
緑の己れに
あきぬなり
われは草なり
緑なり
緑の深きを
願うなり

草の緑を見て、いのちそのものが救われたような気がした嘗《か》っての日の感動が私のうちになまなましく切なく蘇った。その日に書いた詩であった。——そうだ、内瀬の弟もこれから伸びる若草なのだと、私は彼に眼を注いで歌った。

ああ生きる日の
美しき
ああ生きる日の

楽しさよ
われは草なり
生きんとす
草のいのちを
生きんとす

「僕は、心がめげると、気力が弱まると、この詩をくちずさむのだ。詩だかなんだか分らない。僕のいのちの叫びかもしれない。詩など書いたことのない僕が、半泣きになって書いた詩だ。清治君、よく聞いてくれ給え。もう一度歌おう」

と私は言ったが、実は他人より自分自身に聞かせたい気持であった。己れの生を、いのちを否定する内瀬の弟に、私はこれを聞かせて彼のうちに生きんとする力を取り戻させたいといった気持より、私自身を私の詩で力づけたいのであった。

私の声は震えた。そうして眼に涙が溢れて来た。みんな、——内瀬の弟も内瀬も、細君の妹も細君も、下らん歌をうたっている下の男女も、そうして私も、——みんな、なんだか、なんともいえず可哀そうであった。そうしてこの哀感の底から、力と愛が湧いてくる。

私は狂人のように歌いつづけた。

「まあ、どうしたの。可笑しな人たち」

細君の声に私は夢からさめたように、まわりを見廻した。涙でかすんだ眼に、内瀬の弟の泣き面が映った。内瀬は腕を組んで項垂《うなだ》れていた。

「全く可笑しな人たちだ」と私は言った。そして細君と、細君のうしろの貞子に向って、「あんただって、あんただって、――みんな、可笑しいのさ」

萩のもんかきや

中野重治

■なかの・しげはる　一九〇二〜七九
福井県生まれ。主な作品『汽車の罐焚き』『梨の花』
初　出　『群像』一九五六年十月号
初収録　『萩のもんかきや』（筑摩書房、一九五七年）
底　本　『定本中野重治全集』第三巻（筑摩書房、一九九六年）

　そのとき私は萩の町をあるいていた。私はぶらぶら歩いていた。私の用事はすんでいた。私はひとぶらつきぶらついて、それから汽車に乗って東京へ帰ればそれでいいのだった。いったい、私が萩くんだりまでやってきた用事というのは厄介な用事だった。何年もぐずついた関係でやってきた二人の人間を、片っ方はこう、相手方はこうと、私が口出しをして分けて対立させるような仕事だった。その反対だったといってもよかった。何年ものあいだつかみ合ってきた二人の人間を、私が差し出口をして、まあまあとなだめて仲よくさせるといった性質の仕事でもあった。こういう、こじれた夫婦喧嘩みたような場合は、夫婦喧嘩なんかでないだけに、わきから口出しをしてもはじまるはずがない。それはわかっていた。私に行け、来いといった連中にしても、たいがいは見当をつけていたのだったろうと思う。何にしても、これで、世話の仕甲斐のありそうにもないことにひと肌ぬぐという一応の責任からはのがれられた。私はほっとしていた。私は年五十にもなっていた。人間は、五十くらいになると、こういう無駄なことにも、まあ、あいつでも差しむけておけといった具合に動員されるのらしい。馬鹿らしいけれども、仕方もない。それもすんだ。無責任が楽しい。旅の人間なことで気が楽だ。私は歩いて行った。天気もいい。

それは、小さな、しずかな町だった。松下村塾《しょうか》というのもおとどい見た。川の水が澄んでいる。家並《やなみ》が低い。大きな家《うち》のところへ出た。そこは四つ辻で、その家は四つ辻の一角をいっぱいに占めている。一方は土塀でびっしり仕切り、それに直角に、おそろしく大きな長屋の長屋門が立っている。門でしきられて、玄関の敷台のところが覗《のぞ》ける。門のうちが掃《は》いてあって、大きな石がある。人間は見えない。しんとしている。古い家なのだろう。豪家なのだろう。しかし侍屋敷ではない。町かたの金持ちで、旧幕時代からの御用商人といった素封家なのだろう。四つ辻のあと三方には、そんな家は一軒もない。みるとそこに門札がかかっている。立派な字で名が書いてある。

「へへえ……」と私が思った。

そうにちがいない。たしかあれは長州だった。萩にちがいなかった。いちばん大きい保守政党の国会議員で、党内でもひとどおりのちゃきちゃきといったところ、なかなかに立ちまわってもいる。年も私などよりは若いはずだ。ひとどおりの悪党らしいことは、ニュース映画の写真でみてもわかる。あれがこの家なんだナ……サンフランシスコ条約が、和解と寛大の何とかだとかいってるぱりぱりの先生が、じつのところ吉田松陰なども利用してやってきてるのだナ……それくらいのことしか頭に浮かんでこない。本質的な憎悪といったものが湧いてこない。

そして、そこに、祭礼ででもあるのだろう。宵宮《よいみや》の前の日といったあんばいで、門のまんまえ、道路のまんなかに、太鼓をのせた櫓《やぐら》が出してある。そのいちばん上段に、素焼の対《つい》の御神酒《おみき》徳利《どっくり》に御幣をさしたのがのせてある。それは町内のもので、この家のものではないらしい。しかし櫓《やぐら》がここに据えてあるについては、この家で相当のことをしたのだろう。毎年、春秋の、それが例にもなっているのだろう。そこにごまかしがある。しかし一種のなごやかさもある。旅さきの気楽な無責任さが、私をなごやかさの方へ引く。私の村に村井という大地主があって、そこの主人が貴族院の長者議員をしていた。私の子供時分のことだ。帝国農会の大頭株《おおあたまかぶ》でもあったから、貴族院でも帝国農会でも相当にやっていただろう。それでも、村へ帰れば村井の檀那さんだった。子供の目にはなおさらそうだった。伊勢の大神楽《だいかぐら》がくると、そこの広い前庭で半日いっぱい藝づくしをやる。われわれのところでは、獅子をかぶったのと尾《し》っぽを持ったのとの二人組がまわってきて、米をひと握りやると、ぴいーっと笛を吹いてひと舞いだけやる。子供でもいれば、獅子の口を開けてかつんと頭をかんでくれる。それきりだ。しかし村井の庭では、十何人の一座が笛を吹く、太鼓をうつ、傘の上で一升桝をまわす。額に棒を立てて、それに継ぎたし棒をして、つぎつぎに空へせりあげて行く。才蔵がおどけをいう。獅子舞にしても、赤い切れの袋から白鞘《しらさや》の短刀を出して、それの抜身《ぬきみ》をまわして波うつような踊りをやる。子供たちは家から筵《むしろ》一枚ずつ持ってきて飽かず眺めている。そういう毒のないところへ、旅さきの心が行く。人通りがなくて、櫓の上へおとなしく日が照っているのがそれを固定させる。

この町が、遠いところで、小さい町で、平生《へいぜい》そこに直接関係がない、こうやってここへきている現在も関係がない、ということがいっそうそれを固定させる。いつだったか、汽車で津和野の町を見て通ったことがあったのを私は思い出した。益田から宇部に出る途中で、山のあわいの盆地ともいえぬようなところに、ひとにぎりほどの瓦屋根が撒かれているのが汽車から見えた。

「あ、これが津和野か……」

さびしそうに、山あいに打ちすてられたように見えたものの、なかへはいってみれば、そこにどんなものがどぎつくとぐろを巻いていたか知れたものではない。それを見たくない。それがあるにしても、そこからさしあたり逃げたい。捨てられたようにして置かれた町、そう見て通るほうが気が楽だ……

そうやって私は歩いて行った。そのうちいくらか人通りのあるところへ出た。橋がある。それを越すとすこしにぎやかになる。呉服屋、文房具屋、油屋、電気器具屋なんかがある。また少しにぎやかになる。それでも、萩銀座というような馬鹿なところはないらしい。そんな馬鹿なまねを町の人がしないのだろう。証拠なしのままでそんな気がして、そのときそこに大きな郵便局が見えてきた。郵便局は右手にある。すると、郵便局のまんまえが菓子屋なのが目にはいった。私はずいと菓子屋へはいった。私は、旅に出ても土産《みやげ》を買ってきてくれたことがないといっていつも非難した私の娘のことを思い出したのだった。

「ここで包みにして、前の郵便局から郵便で送ってしまえばいい。」

まったく私は、旅に出ても土産ものを買ってきたということがなかった。買うまいというのではない。しかし面倒くさい。つぎからつぎへ持ちはこぶのが面倒くさい。土産ものだけではない。だいいち買いものというのが私には面倒くさい。よく人が、店の名のはいったきれいな紙包みを持って夕方つとめから帰ってくる。あれができない。何々を買ってこいというのなら買ってくる。芋を買ってこい。肝臓を買ってこい。それを買いに行くというのはいいが、何かのついでにそのへんの店を物色して、これはと思うものを適当に買ってくるというのがどうにも苦手だった。たばこ屋へはいってピースを一つくれという。それと同じに、ゴム長ならゴム長を、当の靴屋へずかずかとはいって行って買う。買ってしまえばもう用がない。そのまま帰ってくる。古本屋以外は私はこの伝でやってきた。家庭の亭主として、こんなのは不便らしい。結婚以来ずいぶん小言をいわれてきたが、今では小言もいわれない。

しかし娘のほうは、これは中学三年にもなっていたが、思い出してあわれをもよおすことも私としてあった。外へ出ても、旅に出ても、土産ものなんというものは父親はさげて帰らぬものと自然に思いこむようになったらしい。子供が、親について何かをいつのまにか思いこむということには、何かがある。長いあいだには、それが子供の成長に精神的にひびくだろう。

この娘は、ずっと小さかったときには父親が「つとめ」に出ないのを淋しがっていた。

「おとうちゃんは、おつとめに行かないの？」

「おとうちゃんも、おつとめに行くんだといいのになア……」

そんなことを、小学校一年生時分までは言っていたように思う。

「おとうさん、行ってらっしゃい……」

「おとうさん、おかえんなさい……」

朝晩の、近所の遊び仲間のそういう生活が、五つや六つの子供にはうらやましいらしい。たしかにそれは、変化のある、また節度のある朝晩に子供の目に映ったのだったろう。

日曜になると、親子つれだって遠足に行く家族がある。親子そろって映画を見に行く家族がある。そうでないにしても、会社の仕事でどこやらの温泉へ行った。そこで帰りに山葵漬《わさびづけ》を買ってくる。せんべいを買ってくる。それを私のところへも分けてくれる。しかし私は何もさげて帰らないから、旅行土産の返礼をすることができない。これも、家庭の主婦としては日常生活の上で困るらしい。せっかく日曜がきても、私は私だけのためにそれを無駄使いしたい。そのうえ、日曜でなければやってこられない種類の人間がやってくる。父親というものが、子供である娘のためにはすこしも存在しないように子供に見える。そのことに子供が慣れてきたらしいことは助かるが、そんな状態に慣れるということが、そもそも子供の成長にいいか悪いかは疑問の余地があるだろう。しかし私は、そんなことさえも何かの加減でちらちらと頭にちらつかせるだけだ。だいたい私は、街を歩くにも旅を歩くにも、何も持たずに手ぶらで歩くのがいちばん好きだ。その私が菓子屋へずいとはいったのだから、やはり心に隙《すき》があったのだったろう。つまり心にゆとりがあったのだったろう。

いろんな菓子がある。いくらか上等の店らしい。年とったおかみさんがいる。するとそこに夏蜜柑《みかん》の砂糖漬があった。大きなガラスケースのなかにバラではいっている。そのケースの上に大中小の箱入りが並べてある。中身の量がわかるように、蓋をあけた見本箱も並べてある。私はこの砂糖漬が気に入った。店の菓子全部のなかで、砂糖漬の置いてある場所、それから置き方、そういうものから見て、この菓子屋そのものがこの砂糖漬を重要視しているらしい。箱に貼った紙にも、現に萩名物という文字が書いてある。じつは、私は、これが好きだったのだ。

私は甘いものが好きだった。なかでも、くだものの砂糖漬というのが好きだった。くだものでなくてもいい。蕗《ふき》のでもいい。いちじくはなおいい。しかし夏蜜柑とか三宝柑《さんぼうかん》とかいうのがよかった。黄に砂糖の白のからんだところがいい。私の頭に淡路の洲本《すもと》の記憶が浮かんできた。

昭和十五年から十六年になると、東京の生活はかなり苦しくなっていた。たばこが思うように吸えなくなる。甘いものが姿を消す。乳《ち》のみ児をかかえた乳の出ない母親などはかわいそうなありさまになった。卵が手にはいらない。電車を乗りついで、聞きこんだところまで出かけてやっと卵を手に入れる。帰りの電車で人に押されてそれがつぶれる。ひとつつぶれると隣りに伝染する。仕方がないから、途中で降りてひびのはいった分をあわてですすりこむ。風の吹くベンチで、手で割って二つも生卵を大急ぎですすりこむ本人はなさけない心持ちだった。家《うち》で子供が待っている。子供の母親は夏以来警察へ引っぱられている。そのころは、だれかれ見さかいなしに警察が人を引っぱっていた。一つ半くらいの子供をかかえて私は弱っていた。母親は暮れが押しつまってやっと帰ってきた。そうやって十六年の春になった。そのとき淡路の洲本にいる友人から親子でやってこいと手紙がきた。こっちには米もある。卵もある。野菜もある。思いさま米の飯を食いにこい。

そこで私たちは洲本へ出かけて行った。島のなかの町、そこにほんとうに卵があった。それを卵屋が笊《ざる》で売りにくる。そら豆が一メートルほどにも伸びている。一週間もすると子供が肥《こ》えてきた。食え、食えといって、空気ポンプで空気を入れるようにして友人が無理強《じ》いする。それでも甘いものはさほどにない。ある日港の方へまわって行くと、いかにも場末といったところの駄菓子屋に夏蜜柑の砂糖漬があるのを私が見つけた。パン屋が屑パンを安く売る。同じ調子で、これは屑砂糖漬といったものだった。夏蜜柑の屑を砂糖煮にしたのではない。砂糖漬を動かしているうちに、こわれて屑ができる。それをかき集めてここの駄菓子屋で売っているのらしかった。それでも、品物にはまちがいがない。やはり砂糖がこびりついている。砂糖の膜のなかに、美しく黄いろが沈んでいる。私は買って帰って、こんなものを見つけたといって友人に自慢した。

「へえ。そんなもの食うんかね。」

「食うさ。がつがつだよ……」

「へえ。そんなんなら上等のがあるよ。おれんとこじゃ誰も好かんもんだから……」

そういって、戸棚の奥から引きだしてきたのを見たとき私たちはうつけたように笑いだした。あまりに上等すぎた。おとなの手のひらをいっぱいにひろげたくらいの舟底形が砂糖にくるまっている。砂糖のかちかちになったところを子供が大よろこびで嚙んだ。昭和十六年十二月よりも前のことだった。

「これを一ついただきましょう。」と私は年配のかみさんにいった。「一つ、包んでください。郵便で送りますから……」

「はい……おつかいものでしょうか。」

「いえ、自分で食うんです。」

旅の人間と見てぞんざいに扱う人間もいる。かえって親切にやってくれる人間もいる。かみさんは親切に、ていねいに包装してくれた。念入りに紐をかけてくれる。

「それから、すみませんが筆を一つ貸してください。」

子供あて裏表を書いて、包装料を取ってくれというとそれはいらないという。私はありがたくお礼をいって向う側の郵便局の扉を押した。

割りにがらんとしている。郵便局もつっけんどんでなく扱ってくれるらしい。しかし私は、包みを台の上へおいたとたんに、これは持って帰ろうと気が変った。蓋のほうは平面になっているが、底のほうはちょっとへこんでいる。ほうりだされた拍子に割れるかも知れない。割れたところで流れる心配はないが、やはりそうでないほうがいい。それほど嵩《かさ》ばってもいない。旅かばんに十分はいるだろう。

私の前へ、台をへだてて若い女が来て立っている。待っているのだろう。私は娘に目礼《もくれい》をして包みをかかえて外へ出た。

そこいらはかなりにぎわっている。私はぶらぶら歩いて行った。かかえた砂糖漬が、これをたずさえて帰るということで私を甘やかしている。そのへんは一種の市《いち》になっているらしい。町屋のほかに、近在からでも出てきたらしい人びと、町から町へ渡ってあるくらしい人びと、そういう連中が、野菜を並べたり、端切《はぎ》れ類を並べたりしている。東京でみかける安もののおもちゃ店がある。

いつまでにどこへ行かねばならぬということはない。あるにしても、停車場《ていしゃば》に汽車の時刻くらいのところだ。汽車賃はある。弁当代もある。そして東京からずっと遠い。小さい町で、面倒な無駄骨折りからはひとまず解放された。おまけに、ついぞないことに子供に土産を買った。それを抱えている。平安な、いくらかやくざな心地で私はなお先きへ歩いて行った。

町の様子がすこし変ってきた。道路の上の小店《こみせ》がそのへんでなくなっている。町屋そのものも変ってきた。穀類店の小さいのがあり、時計屋があり、歯医者がありして、それからはそれもぽつぽつになった。しもた屋というまでではない。それでも、なんとなく裏通りといった感じの町になった。横丁へは切れなかったから、目ぬきの通りがだんだんにつぼまって、萩の町そのものの端にかかっているのだろう。そうやって歩いて行けば、そのまま町が切れて村地籍《むらちせき》へ出るにちがいない。ここは海に接しているはずだが、そんな様子もない。潮《しお》の香《か》なぞはいっこうにしない。

そのとき私は妙なものを見つけた。

ちっぽけな店、そこに、ガラス戸の向うにこっちを向いている女、それがまず目にはいった。店といっても、何の店だかはわからない。店であるかさえはっきりはしない。しかし住宅ではない。住宅なら、女が、往来に接して、ガラス戸越しにこっちを向いているはずがない。ただし、こっちを向いてるとはいっても、女は、こっち向きに顔をうつむけている。おそろしく立派な鼻だけが見える。女はそうやって、何だかを一心にやっているらしい。私は歩みより気味にそれを見ようとした。

あかるいガラス戸を前に、女は小机のようなものを控えて坐っている。小机というよりは断ち台といったほうがいいかも知れない。ひどくうつむいて、何か小さいものに取り組んでいる。私の頭に、子供のときから見てきた印判屋や時計修繕屋の恰好《かっこう》が浮かんできた。細い小刀ようのもので、左手の木や石の印材を、印材のほうをまわしながらえぐるようにしている印判屋。おもちゃの遠眼鏡を半分にしたようなものを片目にはめこんで――どうやってあれが止まっているのか見とどけたことはない。――ピンセットで、虫のような針やら歯車やらを拾っている時計修繕屋。しかしむしろ印判屋のほうに似ている。やはり左手に何やら持っている。右手でそれに何やらやっている。私はもうすこし近寄ってみた。なんにしても高い鼻だ。まだ若い女らしい。しかし顔はわからない。上から見おろした位置になる黒い髪の毛、その下の額《ひたい》のほんの一部分、その下の、二つ並んだ眉の線、その下の高い鼻すじ、それだけしか見えない。眼は見えない。頰もほとんど見えない。口も顎も見えない。よほど鼻の高い人だろう。ちょっと日本人ばなれのした鼻すじだ。造作が見えないから、年恰好は見当がつかない。それでも年取った人ではない。むしろ若いほうだろう。

右手に細筆《ほそふで》をにぎっている。その穂がおそろしく細い。日本画家なんかがあんなのを使うかも知れない。錐《きり》の穂か何かのように見える。それを、穂さきが手まえへ傾斜するくらいの角度できゅっと握っている。

左手には壺のようなものを握っている。渡し一寸くらいの竹の筒か何かのようなもので、なかに黒い油薬《あぶらぐすり》ようのものがはいっている。

右手の筆の穂が、針でつっ突くといった式で左手の小壺をちょっちょっとつつく。ちょっ、ちょっ……ほんの穂さきの端。くちばしの細長い鳥が、皿から水をつつくといったあんばいにひどく癇性《かんしょう》にみえる。そしてそれを、とがった鼻すじのさきのところにある丸いもののところへ持って行く。それは、やはり渡し一寸くらいの竹の筒か何かの上へ、大きな切れをふわりと着せて、筒の断面、その円のところだけ切れをぴんと張ったものだ。女が、靴下の胴へ茶碗なんかを入れて破れ目をかがるときにあんなふうにやる。やっとそれが、羽織か何かへ抱茗荷《だきみょうが》をかきこんでいるところだとわかって私はほっとしたが、私はほとんど労《つか》れた。

私はすぐそこから離れた。見ていられないようなところがそこにあった。あんなふうにやっていれば、あの高い鼻はますます高くなって行くほかはないだろう。ますますあの立派な鼻すじは、細くとんがって行くほかはないだろう……という気になってそれがひどく残酷な仕打ちに思えてくる。若い女らしいだけに、それがみすみすおろし金《がね》でおろされて行くように見える。離れる拍子にやはりそこに看板のようなものが出ているのが見えた。

「もんかきや」

木の小さい板に、仮名でそう書いて打ちつけてある。

ああ、「も、ん、か、き、や」か。もんかきや、もんかきや……

私は、「もんかきや」という言葉をはじめて見た。あった言葉かも知れない。女の背なかの方に、棚の上に衣類のタトウのようなものが積んであったとも思う。それにしても、あの紋というのは、あんなにして、いちいち人が筆でかくものなんだろうか。なんという芯《しん》のつかれる仕事。それにしても、あんなことで商売が成り立つのだろうか。この節は、紋つきなんというものはもうはやらなくなっているのだろう。それとも、復活してきたんだろうか。復活してきたにしたところで、とてもますますといったものではあるまい。

「もんかきや」――商売としてのそれが、ひどくはかないものに思われてくる。物質的に、基礎薄弱に思われてくる。京、大阪という土地でならば、百貨店の仕事を一手に引きうけるというようなこともあるかも知れない。長州萩で、紋つきを着る人がどれだけふえたにしたところで話になるものではなかろう。紋ひとついくらというのだろう……

歩きだした私にもうひとつ表札のようなものが見えた。「もんかきや」の板の下に、たてに並べて打ちつけてある。

「戦死者の家」。

「もんかきや」より大分《だいぶ》ちいさい。

してみると、女は後家《ごけ》さんなのだろう。寡婦なのだろう。この家《うち》が「戦死者の家」で、あの女はそこへ職人として雇われているのでは決してあるまい。あの人が、つまりこの「戦死者の家」の主人なのにちがいない。

鼻の高い美人が――それは、あの肩つきからみて、背も高い美人にちがいない。――戦死者の寡婦で「もんかきや」だということが、その「もんかきや」という仕事が、機械も動力も使わない全くの手仕事だということが、また紋つきの紋をかくというその商売が、女の鼻が西洋人のように高いだけにつらいものに見えてくる。「もんかきや」――言い方が古いだけ、その分量だけ逆にあたらしい辛さがそこからひびいてくるようにも思う。いくらかだらけたような、気楽で無責任な感じだった私がいきなり別の気持ちになったわけではない。それでも、「もんかきや、萩のもんかきや……」といった調子で私はいくらか急いで歩いて行った。

橋づくし

三島由紀夫

■みしま・ゆきお　一九二五～七〇
東京都生まれ。主な作品『真夏の死』『金閣寺』
初　出　『文藝春秋』一九五六年十二月号
初収録　『橋づくし』（文藝春秋新社、一九五八年）
底　本　『決定版三島由紀夫全集』第十九巻（新潮社、二〇〇二年）
『花ざかりの森・憂国』（新潮文庫）所収

……元はと問へば分別の
あのいたいけな貝殻に一杯もなき蜆橋《しじみばし》、
短かき物はわれわれが此の世の住居秋の日よ。
——『天の網島』名ごりの橋づくし

陰暦八月十五日の夜、十一時半にお座敷が引けると、小弓《こゆみ》とかな子は、銀座板甚道《いたじんみち》の分《わけ》桂家《かつらや》へかえって、いそいで浴衣に着かえた。ほんとうは風呂に行きたいのだが、今夜はその時間がない。

小弓は四十二歳で、五尺そこそこの小肥りした体に、巻きつけるように、白地に黒の秋草のちぢみの浴衣を着た。かな子は二十二歳で踊りの筋もいいのに、旦那運がなくて、春《はる》秋《あき》の恒例の踊りにもいい役がつかない。これは白地に藍《あい》の観世水《かんぜみず》を染めたちぢみの浴衣を着た。

「満佐子《まさこ》さんは、今夜はどんな柄《がら》かしら」

「萩に決ってるよ。早く子供がほしいんだとさ」

「だって、もうそこまで行ってるの？」

「行ってやしないよ。それから先の話なんだよ。岡惚《おかぼ》れだけで子供が生れたら、とんだマリヤ様だわ」

と小弓が言った。花柳界では一般に、夏は萩、冬は遠山《とおやま》の衣裳を着ると、姙娠するという迷信がある。

いよいよ出ようというときに、又小弓は腹が空《す》いた。毎度のことであるのに、空腹はまるで事故のように、突然天外から降って来る心地がする。それまではそんなに空いていない。又便利なことに、お座敷のあいだはどんなに退屈な席でも、腹が空いて困ったことはない。お座敷の前と後とに限って、それまで腹工合のことなんか忘れているのに、突然発作に襲われたように腹が空くのである。小弓はそれに備えて、程のいい時に、適度に喰べておくということができない。たとえば夕刻髪結へ行くと、同じ土地の妓《こ》が、順を待つあいだを、岡半の焼肉丼なんぞを誂《あつら》えて、旨《うま》そうに喰べているのを見ることがある。それを見ても小弓は何とも思わない。旨そうだとも思わない。それだというのに、ものの一時間もすると、突如として空腹がはじまり、唾液が忽《たちま》ち小さな丈夫な歯の附根から、温泉のように湧いた。

小弓やかな子は、分桂家へ看板料と食費を毎月納めている。小弓の食費は格別多いのである。それは小弓が大食の上に、口が奢《おご》っているからだったが、考えてみると、お座敷の前後に腹の空く奇癖がはじまってから、食費がだんだんに減り、今では、かな子を下廻るようになっている。奇癖がはじまったのは、いつごろからとも知れない。呼ばれた家の台所で、お座敷へ出る前に、小弓が足許《あしもと》に火がついたように、「ちょいと何か喰べるものないこと」と要求するようになったのは、いつごろからとも知れない。今日では、はじめに呼ばれた家の台所で夕食を喰べ、最後に呼ばれた家の台所で、お座敷の引けたあと、夜食を喰べるのが習慣になった。そこで、腹もこの習慣に調子を合せ、分桂家へ納める食費も減るようになったのである。

すでに寝静まった銀座を、小弓とかな子が浴衣がけで新橋の米井《よねい》へ歩いてゆくとき、かな子は悉々に鎧扉《よろいど》を下ろした銀行のはずれの空を指して、

「晴れてよかったわね。本当に兎のいそうな月よ」

と言ったが、小弓は自分の腹工合のことばかり考えていた。今夜のお座敷は、最初が米井である。最後が文迺家《ふみのや》である。文迺家で夜食をして来ればよかったが、時間がないのでまっすぐ着換えにかえって、又行先が米井では、夕食をした台所で、一晩のうちに又夜食を催促しなければならない。それを考えると大そう気が重い。

……が、米井の勝手口を入ったとき、小弓のこの煩悶は忽ち治った。すでに予想通り萩のちりめん浴衣を着て、厨口《くりやぐち》に立って待っていた米井の箱入娘満佐子が、小弓の姿を見るなり、

「まあ早かったわね。まだ急ぐことないわ。上ってお夜食でも喰べていらっしゃいよ」

と気を利かせて言ったからである。

広い台所はまだ後片付で混雑している。明りの下に、夥《おびただ》しい皿小鉢がまばゆく光っている。満佐子は厨口の柱に片手を支えているので、その体は灯を遮《さえぎ》り、その顔は暗い。言われた小弓の顔にも灯影は届かず、小弓は安心した咄嗟《とっさ》の顔つきを見られなかったのを喜んだ。

小弓が夜食を喰べているあいだ、満佐子はかな子を自分の部屋へ伴なった。家へ数多く来る芸者の中でも、満佐子はかな子と一等気が合った。同い年だということもある。小学校が一緒だということもある。どちらも器量が頃合だということもある。そういう諸々の理由を超えて、何だか虫が好くのである。

かな子はそれに大人しくて、風にも耐えぬように見えるが、積むべき経験を積んでいるので、何の気なしに言う一言が満佐子の助けになることもあって頼もしい。それに比べて勝気な満佐子は、色事については臆病で子供っぽい。満佐子の子供っぽさは評判のたねで、母親もタカを括《くく》っていて、娘が萩の浴衣なんぞを誂えても気にもとめないのである。

満佐子は早大芸術科に通っている。前から好きだった映画俳優のRが、一度米井へ来てからは熱を上げて、部屋にはその写真を一杯飾っている。そのときRとお座敷で一緒に撮った写真を、ボーン・チャイナの白地の花瓶に焼付けさせたのが、花を盛って、机の上に飾ってある。

「きょう役の発表があったのよ」

と坐るなり、かな子は貧しい口もとを歪《ゆが》ませて言った。

「そう?」満佐子は気の毒に思って知らぬ振りをした。

「又、唐子《からこ》の一役きりだわ。いつまでたってもワンサで悲観しちまう。レビューだったら、万年ラインダンスなのね、私って」

「来年はきっといい役がつくわよ」

「そのうち年をとって小弓さんみたいになるのが落ちだわ」

「ばかね。まだ二十年も先の話じゃないの」

こういう会話を交わしながら、今夜の願事《ねぎごと》はお互いに言ってはならないのであるが、満佐子もかな子も、相手の願事が何であるかがもう分っている。満佐子はRと一緒になりたいし、かな子は好い旦那が欲しいのである。そしてこの二人にはよくわかっているが、小弓はお金が欲しいのである。

この三人の願いは、傍《はた》から見ても、それぞれ筋が通っている。公明正大な望みというべきである。月が望みを叶えてくれなかったら、それは月のほうがまちがっている。三人の願いは簡明で、正直に顔に出ていて、実に人間らしい願望だから、月下の道を歩く三人を見れば、月はいやでもそれを見抜いて、叶えてやろうという気になるにちがいない。

満佐子がこう言った。

「今夜はもう一人ふえたのよ」

「まあ、誰」

「一ト月ほど前に東北から来た家《うち》の女中。みなっていうのよ。私、要らないっていうのに、お母様がどうしてもお供を一人つけなければ心配だっていうんですもの」

「どんな子」

「まあ見てごらんなさい。そりゃあ発育がいいんだから」

そのとき葭障子《よししょうじ》をあけて、当のみなが立ったまま顔を出した。

「障子をあけるときは、坐ってあけなさいって言ったでしょう」

と満佐子が権高な声を出した。

「はい」

答は胴間声《どうまごえ》で、こちらの感情がまるっきり反映していないような声である。姿を見ると、かな子は思わず笑いを抑えた。妙なありあわせの浴衣地で拵《こしら》えたワンピースを着て、引っかきまわしたようなパーマネントの髪をして、袖口からあらわれたその腕の太さと云ったらない。顔も真黒なら、腕も真黒である。その顔は思いきり厚手に仕立てられていて、ふくらみ返った頰の肉に押しひしがれて、目はまるで糸のようである。口をどんな形にふさいでみても、乱杙歯《らんぐいば》のどの一本かがはみ出してしまう。この顔から何かの感情を掘り当てることはむつかしい。

「一寸《ちょっと》大した用心棒だわね」

とかな子は満佐子の耳もとで言った。

満佐子は力《つと》めて厳粛な表情を作っていた。

「いいこと？　さっきも言ったけど、もう一度言うわよ。家を出てから、七つの橋を渡りきるまで、絶対に口をきいちゃだめよ。願い事がだめになってしまうんだから。……それから、知ってる人から話しかけられてもだめなんだけれど、これはあんたは心配が要らないわね。……それから同じ道を二度歩いちゃいけないんだけど、これは、小弓さんが先達だから、あとについて行けばまちがいがないわ」

満佐子は大学では、プルウストの小説についてレポートを出したりしているのに、こういうことになると、学校でうけた近代教育などは、見事にどこかへ吹き飛んでしまった。

「はい」とみなは答えたが、本当にわかっているのかいないのか不明である。

「どうせあんたもついて来るんだから、何か願い事をしなさいよ。何か考えといた？」

「はい」

とみなはもそもそした笑い方をした。

「あら、いっぱしだわね」

と横からかな子が言った。

するとそこへ博多帯を平手で叩きながら、

「さあ、これで安心して出かけられるわ」

と小弓が顔を出した。

「小弓さん、いい橋を選《よ》っといてくれた？」

「三吉橋《みよしばし》からはじめるのよ。あそこなら、一度に二つ渡れる勘定でしょう。それだけ楽じゃないの。どう？　この頭のいいこと」

これから口を利けなくなるので、三人は、一せいに姦《かしま》しく喋《しゃべ》り溜《だ》めをした。喋り溜めは厨口までそのままつづいた。厨口の三和土《たたき》に満佐子の下駄が揃えてある。伊勢由《いせよし》の黒塗りの下駄である。そこへさし出した満佐子の足の爪先が、紅くマニキュアされていて、暗がりの中でもほのかな光沢を放って映えるのに、小弓ははじめて気づいた。

「まあ、お嬢さん、粋ねえ。黒塗りの下駄に爪紅《つまべに》なんて、お月さまでもほだされる」

「爪紅だって！　小弓さんって時代ねえ」

「知ってるわよ。マネキンとか云うんでしょう、それ」

満佐子とかな子は顔を見合わせて吹き出した。

＊

小弓が先達になって、都合四人は月下の昭和通りへ出た。自動車屋の駐車場に、今日一日の用が済んだ多くのハイヤーが、黒塗りの車体に月光を流している。それらの車体の下から虫の音《ね》がきこえている。

昭和通りにはまだ車の往来《ゆきき》が多い。しかし街がもう寝静まったので、オート三輪のけたたましい響きなどが、街の騒音とまじらない、遊離した、孤独な躁音というふうにきこえる。

月の下には雲が幾片か浮んでおり、それが地平を包む雲の堆積に接している。月はあきらかである。車のゆききがしばらく途絶えると、四人の下駄の音が、月の硬い青ずんだ空のおもてへ、じかに弾《はじ》けて響くように思われる。

小弓は先に立って歩きながら、自分の前には人通りのないひろい歩道だけのあることに満足している。誰にも頼らずに生きてきたことが小弓の矜《ほこ》りなのである。そしてお腹《なか》のいっぱいなことにも満足している。こうして歩いていると、何をその上、お金を欲しがったりしているのかわからない。小弓は自分の願望が、目の前の鋪道の月かげの中へ柔らかく無意味に融け入ってしまうような気持がしている。硝子《ガラス》のかけらが、鋪道の石のあいだに光っている。月の中では硝子だってこんなに光るので、日頃の願望も、この硝子のようなものではないかと思われて来る。

小弓の引いている影を踏んで、満佐子とかな子は、小指をからみ合わせて歩いている。夜気は涼しく、八ツ口から入る微風が、出しなの昂奮で汗ばんだ乳房を、しずかに冷やして引締めているのを、二人ながら感じている。お互いの小指から、お互いの願望が伝わってくる。無言なので、一そう鮮明に伝わってくるのである。

満佐子はRの甘い声や切れ長の目や長い揉上《もみあ》げを心に描いている。そこらのファンとちがって、新橋の一流の料亭の娘がこうと思い込んだことが、叶えられないわけはないと思う。Rがものを言ったとき、自分の耳にかかったその息が、少しも酒くさくはなくて、香《かぐ》わしかったのを憶えている。夏草のいきれのように、若い旺《さか》んな息だったと憶えている。一人でいるときにそれを思い出すと、膝から腿へかけて、肌を漣《さざなみ》が渡るような気がする。今もこの世界のどこかにRの体の存在しているということが、自分の再現する記憶と同じほど確実でもあり、不確かでもあって、その不安が心をしじゅう苛《さいな》んだ。

かな子は、肥った金持の中年か初老の男を夢みている。肥っていないと金持のような気がしない。その男の庇護がひたすら惜しげなく注《そそ》がれてくるのを、ただ目をつぶって浴びていればよいのだと思う。かな子は目をつぶることには馴れている。ただ今までは、さて目をあいてみると、当の相手がもういなくなっていたのである。

……二人は申し合わせたように、うしろを振向いた。みなが黙ってついて来ていた。頰に両手をあてて、ワンピースの裾《すそ》を蹴立てて、赤い鼻緒の下駄をだらしなく転がすようにしてついて来る。その目はあらぬ方を見ていて、一向真剣味がない。満佐子もかな子も、みいなのその姿を、自分たちの願望に対する侮辱のように感じた。

四人は東銀座の一丁目と二丁目の堺のところで、昭和通を右に曲った。ビル街に、街灯のあかりだけが、規則正しく水を撒《ま》いたように降っている。月光はその細い通りでは、ビルの影に覆われている。

程なく四人の渡るべき最初の橋、三吉橋がゆくてに高まって見えた。それは三叉《みつまた》の川筋に架せられた珍らしい三叉の橋で、向う岸の角《かど》には中央区役所の陰気なビルがうずくまり、時計台の時計の文字板がしらじらと冴《さ》えて、とんちんかんな時刻をさし示している。橋の欄干は低く、その三叉の中央の三角形を形づくる三つの角に、おのおの古雅な鈴蘭灯が立っている。鈴蘭灯のひとつひとつが、四つの灯火を吊しているのに、その凡《すべ》てが灯ってい るわけではない。月に照らされて灯っていない灯の丸い磨硝子《すりガラス》の覆いが、まっ白に見える。そして灯のまわりには、あまたの羽虫が音もなく群がっている。

川水は月のために擾《かきみだ》されている。

先達の小弓に従って、一同はまずこちら岸の橋の袂《たもと》で、手をあわせて祈願をこめた。近くの小ビルの一つの窓の煙った灯が消えて、一人きりの残業を終って帰るらしい男が、ビルを出しなに、鍵をかけようとして、この奇異な光景を見て立ちすくんだ。

女たちはそろそろと橋を渡りだした。下駄を鳴らして歩く同じ鋪道のつづきであるのに、いざ第一の橋を渡るとなると、足取は俄《にわ》かに重々しく、檜《ひのき》の置舞台の上を歩くような心地になる。三叉の橋の中央へ来るまではわずかな間である。わずかな間であるのに、そこまで歩いただけで、何か大事《だいじ》を仕遂げたような、ほっとした気持になった。

小弓は鈴蘭灯の下で、ふりむいて、又手をあわせ、三人がこれに習った。

小弓の計算では、三叉の二辺を渡ることで、橋を二つ渡ったことになるが、渡るあとさきに祈念を凝らすので、三吉橋で四度手をあわさねばならない。

たまたま通りすぎたタクシーの窓に、びっくりした人の顔が貼りついて、こちらを見ているのに満佐子は気づいたが、小弓はそんなことに頓着していなかった。

区役所の前まで来て、区役所へお尻をむけて、四度目に手を合わせたとき、かな子も満佐子も、第一と第二の橋を無事に渡ったという安堵と一緒に、今までさほどに思っていなかった願事《ねぎごと》が、この世でかけがえのないほど大切なものに思われだした。

満佐子はRと添えなければ死んでしまえというほどの気持になっている。橋を二つ渡っただけで、願望の強さが数倍になったのである。かな子はいい旦那がつかなければ生きていても仕様がないと思う迄になっている。手を合わすときに、胸は迫って、満佐子は忽ち眼頭が熱くなった。

ふと横を見る。みな《ヽヽ》が殊勝に、目をとじて手を合わせている。私と比べて、どうせろくな望みを抱いていないと思うと、みなの心の裡の何もない無感覚な空洞が、軽蔑に値いするようにも、又、羨ましいようにも思われた。

川ぞいに南下して、四人は築地から桜橋へゆく都電の通りへ出た。もちろん終電車はとうの昔に去って、昼のあいだはまだ初秋の日光に灼ける線路が、白く涼しげな二条を伸ばしていた。

ここへ出る前から、かな子は妙に下腹が痛んできた。何が中ったのか、食中りに相違ない。はじめは絞るような痛みが少し兆して、二、三歩ゆくうちに忘れてしまったのが、今度は忘れているという安心がしじゅう意識にのぼり、この意識の無理に亀裂が入って、忘れていると思うそばから又痛みが兆してくるのである。

第三の橋は築地橋である。ここに来て気づいたのだが、都心の殺風景なこういう橋にも、袂には忠実に柳が植えてある。ふだん車で通っていては気のつかないこうした孤独な柳が、コンクリートのあいだのわずかな地面から生い立って、忠実に川風をうけてその葉を揺らしている。深夜になると、まわりの騒がしい建物が死んで、柳だけが生きていた。

築地橋を渡るにつけて、小弓がまず柳の下かげで、桜橋の方向へ手を合わせた。先達という役目に気負っているのか、小弓はいつになく、その小肥りの背筋をまっすぐに立てている。事実小弓は、自分の願い事をいつしか没却して、大過なく七つの橋を渡ることのほうが、目前の大事のように思っているのである。どうしても渡らなければならぬと思うと、そのこと自体が自分の願事であるかのような気がしてきた。それはずいぶん変な心境であるけれど、あの突然襲ってくる空腹同様、自分はいつでもこのようにして人生を渡ってきたという思いが、月下をゆくうちにふしぎな確信に凝り固まり、その背筋はますます正しく、顔は正面を切って歩いている。

築地橋は風情のない橋である。橋詰の四本の石柱も風情のない形をしている。しかしここを渡るとき、はじめて汐の匂いに似たものが嗅がれ、汐風に似た風が吹き、南の川下に見える生命保険会社の赤いネオンも、おいおい近づく海の予告の標識のように眺められた。

これを渡って、手を合わせたとき、かな子は、痛みがいよいよ切迫して、腹を突き上げてくるのを感じた。電車通りを渡って、S興行の古い黄いろのビルと川との間の道をゆくとき、かな子の足はだんだん遅くなり、満佐子も気づかって歩みを緩めるが、生憎《あいにく》口をきいて安否をたずねることができない。かな子が両手で下腹を押え、眉をしかめて見せたので、満佐子にもようやく納得が行った。

しかし一種の陶酔状態にいる先達の小弓は、何も気づかずに昂然と同じ歩度でゆくので、あとの三人との距離はひろがった。

いい旦那がすぐ目の前にいて、手をのばせばつかまろうというときに、その手がどうしても届きそうもない心地がかな子はしている。かな子の顔色は事実血の気を失って、額から油汗が滲《にじ》み出ている。人の心はよくしたもので、下腹の痛みが募るにつれ、かな子は先程まであれほど熱心に願い、それに従って現実性も色増すように思われたあの願事が、何だか不意に現実性を喪って、いかにもはじめから非現実的な、夢のような、子供じみた願望であった気がしてきた。そして難儀な歩みを運び、待ったなしで迫ってくる痛みに抗していると、そんな他愛ない望みを捨てさえすれば、痛みはたちどころに治るような気がした。

いよいよ四番目の橋が目の前まで来たとき、かな子は満佐子の肩にちょっと手をかけ、その手の指で踊りのフリのように自分の腹をさして、後れ毛が汗で頰に貼りついた顔をもうだめだというこなしで振り、忽《たちま》ち身をひるがえして、電車通りのほうへ駈け戻った。満佐子はその後を追おうとしたが、道を戻っては自分の願《がん》が徒《あだ》になるのを思って、下駄の爪先で踏み止まって、ただ振向いた。

四番目の橋畔では、はじめて気づいた小弓も振向いていた。月かげの下を、観世水を藍に流した白地の浴衣の女が、恥も外聞もない恰好《かっこう》で駈け出してゆき、その下駄の音があたりのビルに反響して散らばると思うと、一台のタクシーが折よく角のところにひっそりと停るのが眺められた。

第四の橋は入船橋である。それを、さっき築地橋を渡ったのと逆の方向へ渡るのである。

橋詰に三人が集まる。同じように拝む。満佐子はかな子を気の毒にも思うが、その気の毒さが、ふだんのように素直に流れ出ない。落伍した者は、これから先自分とはちがう道を辿《たど》るほかはないという、冷酷な感懐が浮ぶだけである。願い事は自分一人の問題であって、こんな場合になっても、人の分まで背負うわけには行かない。山登りの重い荷物を扶《たす》けるのとはちがい、そもそも人を扶けようのないことをしているのである。

入船橋の名は、橋詰の低い石柱の、緑か黒か夜目《よめ》にわからぬ横長の鉄板に白字で読まれた。橋が明るく浮き上ってみえるのは、向う岸のカルテックスのガソリン・スタンドが、抑揚のない明るい灯火を、ひろいコンクリートいっぱいにぶちまけている反映のためであるらしい。

川の中には、橋の影の及ぶところに小さな灯も見える。桟橋の上に古い錯雑した小屋を建て、植木鉢を置き、

屋形船
なわ船
つり船
あみ船

という看板を掲げて住む人が、まだ起きている灯火であるらしい。

ここあたりから、ビルのひしめきは徐々に低くなって、夜空がひろがるのが感じられる。

気がつくと、あれほどあきらかだった月が雲に隠れて、半透明になっている。総体に雲の嵩《かさ》が増している。

三人は無事に入船橋を渡った。

川は入船橋の先でほとんど直角に右折している。第五の橋までは大分道のりがある。広いがらんとした川ぞいの道を、暁橋まで歩かなければならない。

右側は多く料亭である。左側は川端に、何か工事用の石だの、砂利だの、砂だのが、そこかしこに積んであって、その暗い堆積が、ところによっては道の半ばまでも侵している。

やがて左方に、川むこうの聖路加病院の壮大な建築が見えてくる。

それは半透明の月かげに照らされて、鬱然と見えた。頂きの巨きな金の十字架があかあかと照らし出され、これに侍するように、航空標識の赤い灯が、点々と屋上と空とを劃して明滅しているのである。病院の背後の会堂は灯を消しているが、ゴシック風の薔薇窓の輪郭が、高く明瞭に見える。病院の窓々は、あちこちにまだ暗い灯火をかかげている。

三人は黙って歩いている。一心に、気が急《せ》いて歩いているあいだは、満佐子もあまり物を思わない。三人の足取はそのうち、体が汗ばむほどに早くなった。はじめは気のせいかと思われたが、まだ月の在処《ありか》のわかる空が怪しくなって、満佐子のこめかみに、最初の雨滴が感じられたからである。が、幸いにして、雨はそれ以上激しくなる気配はない。

第五の暁橋の、毒々しいほど白い柱がゆくてに見えた。奇抜な形にコンクリートで築いた柱に、白い塗料が塗ってあるのである。その袂で手を合わせるときに、満佐子は橋の上だけ裸かになって渡してある鉄管の、道から露《あら》わに抜き出た個所につまずいて危うくころびそうになった。

橋を渡れば、聖路加病院の車廻しの前である。

その橋は長くない。すぐ渡り切ってしまうところを、小弓の身に不運が起った。

というのは、むこうから、だらしなく浴衣の衿をはだけて、金盥《かなだらい》をかかえた洗い髪の女が、いそぎ足で三人の前に来たのである。ちらと見た満佐子は、洗い髪の顔がいやに白々と見えたのでぞっとした。

「ちょいと小弓さん、小弓さんじゃないの。まあしばらくね。知らん顔はひどいでしょう。ねえ、小弓さん」

橋の上で立ちどまった女は、異様なふうに首を横へのばしてから、小弓の前に立ちふさがった。小弓は目を伏せて答えない。

女の声は甲高いのに、風が隙間《すきま》から抜けてゆくように、力の支点の定まらない声である。そして呼びかけが、同じ抑揚のままつづき、小弓を呼んでいるにもかかわらず、そこにはいない人を呼ぶかのようである。

「小田原町のお風呂屋のかえりなのよ。それにしても久しぶりねえ。めずらしいところで会ったわねえ、小弓さん」

小弓は肩に手をかけられて、ようやく目をあげた。そのとき小弓の感じたことがある。いくら返事を渋っていても、一度知り人から話しかけられたら、願《がん》はすでに破れたのである。

満佐子は女の顔を見て、一瞬のうちに考えて、小弓を置いてどんどん先へ立った。女の顔には満佐子も見おぼえがある。戦後わずかのあいだ新橋に出ていて頭がおかしくなって妓籍《ぎせき》を退《ひ》いた確か小えんと云った老妓である。お座敷に出ている時分から、異様な若造で気味わるがられたが、その後このあたりの遠縁の家で養生をしていて、大分よくなったという話をきいたことがある。

小えんが親しかった小弓をおぼえていたのは当然だが、満佐子の顔を忘れていたことは僥倖《ぎょうこう》である。

第六の橋はすぐ前にある。緑に塗った鉄板を張っただけの小さな堺橋である。満佐子は橋詰でする礼式もそこそこに、ほとんど駈けるようにして、堺橋を渡ってほっとした。そして気がつくと、もう小弓の姿は見えず、自分のすぐうしろに、みなのむっつりした顔が附き従っていた。

先達がいなくなった今では、第七の、最後の橋を満佐子は知らない。しかしこの道をまっすぐ行けば、いずれ暁橋に並行した橋のあることがわかっている。それを渡っていよいよ願が叶うのである。

まばらな雨滴が、再び満佐子の頬を搏《う》った。道は小田原町の外れの問屋の倉庫が並んでいるところで、工事場のバラックが川の眺めを遮《さえぎ》っている。大そう暗い。遠い街灯のあかりが鮮明に望まれるので、そこまでの闇が一そう深く思われる。

いざとなると勝気な満佐子は、深夜の道をこうして行くことが、願掛けという目的もあって、それほど怖ろしいわけではない。しかし自分のうしろに接してくるみいなの下駄の音が、行くにつれて、心に重くかぶさって来るのである。その音は気楽に乱れてきこえるが、満佐子の小刻みな足取に比べて、いかにも悠揚せまらぬ足音が、嘲けるように自分をつけてくるという心地がする。

かな子が落伍した頃まで、みいなの存在は、満佐子の心にほとんど軽侮に似たものを呼び起すだけだったが、それから何かしら気がかりになって、二人きりになった今では、この山出しの少女が一体どんな願い事を心に蔵しているのか、気にしまいと思っても気にせずにはいられない。何か見当のつかない願事《ねぎごと》を抱いた岩乗な女が、自分のうしろに迫って来るのは、満佐子には気持が悪い。気持が悪いというよりも、その不安はだんだん強くなって、恐怖に近くなるまで高じた。

満佐子は他人の願望というものが、これほど気持のわるいものだとは知らなかった。いわば黒い塊《かたま》りがうしろをついて来るかのようで、かな子や小弓の内に見透かされたあの透明な願望とはちがっている。

……こう思うと、満佐子は必死になって、自分の願事を掻《か》き立てたり、大切に守ったりする気になった。Rの顔を思う。声を思う。若々しい息を思う。しかし忽《たちま》ちそのイメージは四散して、以前のように纏《まとま》った像を結ぼうとしない。

少しも早く第七の橋を渡ってしまわなければならない。それまで何も思わないで急がなければならない。

するうちに、遠くに見える街灯は橋詰の灯らしく思われ、広い道にまじわるところが見えて、橋の近づく気配がした。

橋詰の小公園の砂場を、点々と黒く雨滴の穿《うが》っているのを、さきほどから遠く望んでいた街灯のあかりが直下に照らしている。果して橋である。

三味線の箱みたいな形のコンクリートの柱に、備前橋と誌され、その柱の頂きに乏しい灯がついている。見ると、川向うの左側は築地本願寺で、青い円屋根が夜空に聳《そび》えている。同じ道を戻らぬためには、この最後の橋を渡ってから、築地へ出て、東劇から演舞場の前を通って、家へかえればよいのである。

満佐子はほっとして、橋の袂で手を合わせ、今までいそいだ埋め合せに、懇切丁寧に祈念を凝らした。しかし横目でうかがうと、みながあいかわらず猿真似をして、分厚い掌を殊勝に合わせているのが忌々しい。祈願はいつしかあらぬ方へ外《そ》れて、満佐子の心のなかでは、しきりにこんな言葉が泡立った。

『連れて来なきゃよかったんだわ。本当に忌々しい。連れて来るんじゃなかった』

……このとき、満佐子は男の声に呼びかけられて、身の凍る思いがした。パトロールの警官が立っている。若い警官で、頬が緊張して、声が上ずっている。

「何をしているんです。今時分、こんなところで」

満佐子は今口をきいてはおしまいだと思うので、答えることができない。しかし警官の矢継早の質問の調子と、上ずった声音で、咄嗟《とっさ》に満佐子の納得の行ったことは、深夜の橋畔で拝んでいる若い女を、投身自殺とまちがえたらしいのである。

満佐子は答えることができない。そしてこの場合、みなが満佐子に代って答えるべきだということを、みなに知らせてやらなければならない。気の利かないにも程がある。満佐子はみなのワンピースの裾を引張って、しきりに注意を喚起した。

みながいかに気が利かなくても、それに気のつかぬ筈はないのであるが、みなも頑《かたく》なに口をつぐみつづけているのを見た満佐子は、最初の言いつけを守るつもりなのか、それとも自分の願い事を守るつもりなのか、みなが口をきかない決意を固めているのを覚《さと》って呆然とした。

「返事をしろ。返事を」

警官の言葉は荒くなった。

ともあれ橋を大いそぎで渡ってから釈明しようと決めた満佐子は、その手をふり払って、いきなり駈け出した。緑いろの欄干に守られた備前橋は欄干も抛物線をなして、軽い勾配の太鼓橋になっている。駈け出したとき満佐子の気づいたのは、みなも同時に橋の上へ駈け出したことである。

橋の中ほどで、満佐子は追いついた警官に腕をつかまれた。

「逃げる気か」

「逃げるなんてひどいわよ。そんなに腕を握っちゃ痛い！」

満佐子は思わずそう叫んだ。そして自分の願い事の破れたのを知って、橋のむこうを痛恨の目つきで見やると、すでに事なく渡りきったみなが、十四回目の最終の祈念を凝らしている姿が見えた。

＊

家へかえった満佐子が泣いて訴えたので、母親はわけもわからずにみなを叱った。

「一体おまえは何を願ったのだい」

そうきいても、みなはにやにや笑うばかりで答えない。

二三日して、いいことがあって、機嫌を直した満佐子が、又何度目かの質問をして、みなをからかった。

「一体何を願ったのよ。言いなさいよ。もういいじゃないの」

みなは不得要領に薄笑いをうかべるだけである。

「憎らしいわね。みなって本当に憎らしい」

笑いながら、満佐子は、マニキュアをした鋭い爪先で、みなの丸い肩をつついた。その爪は弾力のある重い肉に弾《はじ》かれ、指先には鬱陶しい触感が残って、満佐子はその指のもってゆき場がないような気がした。

軍用露語教程

小林　勝

■こばやし・まさる　一九二七～七一
朝鮮生まれ。主な作品『赤い壁の彼方』『強制招待旅行』
初　出　『新日本文学』一九五六年十二月号
初収録　『フォード・一九二七年』（講談社、一九五七年）
底　本　『小林勝作品集』第一巻（白川書院、一九七五年）

予科士官学校に在学している間は、お前たちはロシア語を習うのだ、と区隊長に告げられた時、潔の頭にとっさに浮んできたのは、泥まみれの大根のように、黒い地面の上にごろっところがっている二つの死体だった。

死体の一つは男で、何やら軍服らしいものをまとっており、幅の広いバンドを上着の上にしめていた。足は、恰好のよい黒い長靴をはいていた。男はうつぶせになり、地べたへ深々と顔をつっこんでいた。で、潔は思わず、ああ、呼吸をするのがさぞ苦しかろうと考えたのだが、男はもう死んでいたのでその心配は必要なかったのだ。男の両手はだらっとのびきって、掌が上をむいていたが、不気味なほどそれは白かった。もう一つの死体は長いスカートをはいた、これは明らかに女だったが、これまた同様に黒い長靴をはいていた。女はあおむけになっていた。そして白い鼻がピラミッドのようにつきたっていた。その下の小さな二つの穴から、黒い粘液のようなものが、条をひいて顎のあたりまで流れていたが、それは確かに、血だった。

潔は、実際の死体を見たのではなく、彼が小学生の時に、田舎の小さな町にしては驚くほど大がかりに催された防共展覧会へ連れて行かれて、暗い会場の片隅でその写真におめにかかったのだ。写真の下には、説明文が貼ってあって、こんな具合になっていた。

――この暴虐！　赤魔に虐殺されたロシア市民

そして、赤魔という字の横に小さく、ボルシェヴィーキとふり仮名がついていた。潔はその写真の前で脅えてしまい、恐る恐る、ボルシェヴィーキとは何のことか、と傍にいた男――これは先生であったのか、町の青年であったのか記憶が判然としないが――に訊ねてみると男は簡単に、

――コミンテルンの親玉だ、と言ったのだ。潔が展覧会で覚えていることといえば、それくらいだが、幾年もたつうちに、この二つの死体は写真の画面から何時の間にかぬけ出して、潔の体のどこか深いところに、じっと動かずに沈んでいたと思われる。そして、十七歳になって、陸士に入校して、いきなり、ロシア語をお前らは習うんだ、と言われた途端に、二つの死体は突然、なまなましく浮びあがって来たのである。

三月の下旬だった、前の晩から降り出した雪は朝になっても止まず、昼近くには一尺に達した。風は吹いていなかったので、大きなボタン雪は地面と垂直に落ちて来た。ロシア語講堂の中には、火の気はなかった。革のスリッパの中で、足指が凍った。五十人の少年たちは、肘をはって、肩をいからしていたが、別にいばっていたわけではなく、余りに寒いので、全身がつっぱってしまっていたのだった。

ロシア語の教官なんて、どんな男だろう、と潔は思った、彼の頭には泥の中にころがっている死体が浮んでいた。

——ロシア語というと、と彼は思った、……ウィンター・イズ・ゴン、スプリング・へズ・カム、冬は過ぎ去った、春がやって来た……なんていう英語なんかとはまるっきり違う感じがするな。シベリアの小さな村はずれの、荒れ果てた畑の上にころがっている男と女の死体の上に分厚な闇が落ちて来て、夜になる。すると、ぽつり、ぽつりと暗い灯が二つ三つともる。うすら寒い、わびしい風が死体の上を、畑の上を、村の上を、おののいた小さな声をあげて吹いていく、ちょうどそんなのがロシア語だっていう感じがするな、と潔は思った。

扉が開いて、痩せた、背の高い、猫背の男がはいって来た。男は他の文官教官と同じく坊主頭だったが、頭にははげが幾つもちらばっていた。瞳の色はうすい茶色だった。顔は、灰色がかっており、生きている人間の皮膚というよりも、むしろ死んだ動物の皮だった。潔はそんな肌の色をこれまで日本人の中に見たことがなかった。その顔には一面に薄いあばたがあった——この男が、露語教官の峰だった。

——ぼくの想像した通りだ、と潔は思った、薄気味悪い、冷えびえした男だ。

峰教官は二十六、七歳と思われた。彼は教壇へのぼらないで、何を考えているのか、少年たちの机の前を行ったり来たりした。そして突然足をとめると、怒鳴りつけるように言ったのだ。

――この列は何だ、筆筒《ひっとう》が一直線に並んでいないじゃないか……

筆筒とは、つまり軍隊にだけ通用する言葉で、何のことはない、筆入れ箱のことだった。その列の者があわてて筆筒をそろえるのを、彼はあたかも測量技師の如く、背をかがめ、片眼をつぶって点検していた。それから彼はようやく満足したように、紫色がかった舌で上唇をちらちらなめながら教壇へあがり、皆をぐっとにらみすえた。

――今日から、おれがロシア語を教える、と彼は重々しく言った。よく聞け、おれはお前たちがロシア語なんか出来んでもいいと思っている。だが、筆筒や教程（つまり教科書だ）がゆがんでいるのは、許さん。なぜならば、お前らは将校生徒だからだ。極端に言うならば、将校生徒は、ロシア語よりも、万事規律を正しくしろ。

喋っている間じゅう、峰教官は、頭をガリガリとかいたり、両手をまげたり、のばしたり、ほかの文官教官の、もったいぶっていると思われるほどの端然とした姿にくらべて、ひどく粗野な空気をまき散らした。

――まずここ当分は、と峰は言った、発音を練習する。発音は、お前らの場合、実に大切なもんだ。お前らは、難かしい文章なんか読めなくたって、ちっともさしつかえないんだ。大切なのは、単語を正確に発音することなんだ。何故だかわかるか、わかったら手をあげい。

峰は口をとがらせ、じろじろと見廻したが、無論、誰も手をあげなかった。

——誰もわからんのか。ふがいない……だがその言葉に反して、彼の薄い茶色の眼には、明らかに、嘲笑的な、意地悪い光が浮んだ、お前らは、この予科の大切な一年間に、将校になるための、基礎教育をうけるんだ、そうだろう？　おい……

峰は一人の少年を指さした、少年はすわったまま答えた。

——そうであります。

すると、峰の顔がさあっと赤くなった。彼はニコチンでうす汚れた歯をむき出した。

——何だ……何だい、おい……彼は、およそ謹厳な文官教官らしくない口調になった、あまつさえどもりも加わった。

——お、お前は何だい、およそ将校生徒らしくないぞ。お、おれにだけ、そんな、横着な態度をとるのか。

——は、いいえ……

峰の顔はいっそう赤くなった。彼の眼がてらてらと光った。

——指されたら、はい、といって立ち上れ。それから、そうであります、教官殿、と言え。教官殿、とちゃんと言え……

——わかりました、教官殿。

——よろしい。すわれ。

彼の顔は再び、死人のように気味の悪い灰色に戻った。

――さて、と峰は言った、かくも大切な一年間に、何故、特別に時間を割いて、特別に、ロシア語をやるのか？　いうまでもなく、それは対ソ作戦のためである。

――教官殿、と一人の、山の中の中学校からやって来た少年が立ちあがって言った、大東亜戦争もすでに三年目であります。皇軍はガダルカナルより撤退しましたが、戦は今後ますます南太平洋において烈しくなると思います。

それから彼はいきなり飛躍して、こんなことをくちばしった。

――英語をやった方が、よろしい、と思います。

しばらくの間、峰教官はじっと立ったままだった、それから顔がまた赤くなった。

――な、なにを言うかい、お前らは命令に従えば、いいんだ。第一、昔から、学科は対ソ作戦にしたがって組まれているんだ……それはそうなっているんだ、……

それから彼は、話がどこまで進んでいたかを生徒にたしかめて、つづけた。

――対ソ作戦の場合、お前らのつかうロシア語が、よしんば片コトであろうとも、発音さえ正確ならば、ちゃんと通ずるんだ。ロシア語の発音は、ちょっとむずかしいぞ。訓練が必要だ、訓練が。むずかしい証拠をみせてやる、よく聞け。ジェゼルチール、もう一回聞け、ジェゼルチール。こら、お前、笑っているな、よし、やってみろ。

笑っていた少年は立ちあがったが、困惑しきった顔つきで、もじもじした。

――言ってみろったら。

――はい、教官殿……ジェッツ、ジェジェ……

――ちがう、なってない。耳の穴がどうかしたのかい。もう一回聞け、ジェゼルチール
……

――ジェジェッ……

――もういい、と峰は手を鼻先でひらひらと振った、おれがやれば、ちゃんと通ずるんだ。これは脱走兵という単語である。そこで今日は、A（アー）からЖ（ジェー）までの練習をする、教程をひらけ。まずAだ。おれがアーというから、みんなでついてくる。アー。

――アー。

――何だ、それは。みんなのはまるで、あくびだ。

こんな具合にして、発音練習は、はじめられた。AからEまではまず無難だった、が、問題は、この、何とも奇怪なみなれない文字Жの発音だった。

――この発音は、と峰は言った、日本語にはないんだ。英語にもないぞ。これは上顎音といって、特殊な音だ。機関車が蒸気をはき出すと、重くひびくように、シュッ、シュッ……ジュッ、ジュッ……ときこえるだろう、あれだ。ジャガイモ、ジュバン、の時のジュなんてもんじゃない。では、これから、一人ずつ、立ってやる。

そして一人々々発音したのだが、三十人ほどやった時、峰は絶望して、両手を前へつきだして言った。

――じっさい、お前らは……

だが然し、峰教官の絶望は、少しばかり早すぎたのだ。潔が見事に発音してのけたのである。峰はその時、潔の口もとをじっとみつめていたが、瓦礫の中に一つぶの水晶を発見したかのように、一瞬実に明るい、嬉し気な微笑を顔に浮べた、が奇妙なことに、すぐさま口をつき出していまいましげに潔の顔を見た。それから、何故だかひどく冷淡な声で言ったのだった。

――お前は、ものになりそうだ。

五月のある日曜日の午後だった。空は晴れあがっていた、武蔵野の雑木林は新緑にいろどられていた。すべてが、明るく、陽気で、まぶしかった。潔は、校門をくぐりだらだら坂になっている坂道を、重い足どりで上って行った。彼の全身は第二種軍装で飾られていたが、一足ごとに心は重く沈んだ。東京の親戚の家へ外出して行き、あわただしい数時間を過して帰って来たところだった。幾週間も前から、楽しみにしていた外出は、あっという間に終り、翌日からまた同じ日がつづいて行くことを考えると、それは楽しみよりもむしろ、憂鬱な後味を潔の心に残したのだ。坂の中途まで上って来ると、彼は、上からおりて来る一人の文官教官に出逢った。反射的に敬礼してから、それがロシア語の峰教官であることに気付いた。

――お、お、と峰は言い、たち止った。

峰は教室では絶対にみせたことのない親し気な微笑を浮べて言った。

――外出かい。

――はい、そうであります、教官殿。

潔は固くなり、何時豹変するかわからない峰の顔をおずおずと見た。潔の白い頬に生々と血がのぼった。

――楽しかったかい。

――はい、楽しくありました、教官殿、と潔は言い、楽しかったからこそ、いっそうやり切れないのだ。むしろ外出などしないで、この索漠とした生活の中にじっと身をひそめていた方がよかったのだ、しかし、そんなことを、この怒りっぽい教官にいってみたところで仕方があるまい、と思った。

――楽しかったか、よかった、と峰は言った、そうか、よかった。

それから、彼はそそくさと坂をおりて行ったが、ふと立ち止るとふりかえって、大きな声で言った。

――今度の外出の時は、おれの家へ来んか。

考える余裕もなく、潔は返事をした。

——ありがとうございます、教官殿。

——そうしろ、そうしろ……

峰は坂道を降りて行った。潔は、そこに佇んで、その後姿を眺めていた。五月の日光の中ですら、峰の猫背は、うすら寒く、かつ、わびしかった。そこには、思い掛けない程優しく胸をひたしてくるものと、そのあたたかいものを一瞬のうちに砕いてしまうような冷酷なものが同時に感じられたのだ。

——みかけによらない、優しい人だな、と潔は心の中で呟いた。あんなタイプは、此処じゃちょっと珍らしい……

国語の教官も、漢文の教官も、修身の教官も、いや、数学の教官も、誰もかれも、ひとくちでいうなら、武官と全く変らん、と潔は思った。洋服が違っていて、教えるものが違うだけだ、しかし、峰教官はほかの教官より以上に教官じみている時もあるが、びっくりするくらい人間味がある時もあるんだな。

自習室に電燈がついて、自習時間になった。潔は、露語教程を開き、ロシア語の上へ眼をすえていたが、彼の眼は、実際には、自分の頭の中へじっとそそがれていた。だらだら坂の上で、こちらに背をむけて、峰教官がせかせかと遠ざかって行く姿を、彼はみつめていた。みつめているだけで、新鮮な潮がひたひたと寄せて来るような気がする。櫟《くぬぎ》や楢《なら》の新芽の香りをのせた風が吹いて来るような気がする。潔は機械的にロシア語を読んだ。

――我々ハ馬ニ乗ッテ前進スル……敵ハ徒歩デ……すると彼の頭は、そこから自動的に同じ言葉をくりかえしはじめる……敵ハ徒歩デ……敵ハ徒歩デ……

潔の太い眉毛がぐっとひきつった、彼の眼の中でロシア語がぼやけて来た。

……雨がこやみなく降っていた、ぼうっとけぶっている武蔵野の丘陵のたもとを縫って、広い深い川が流れていた、その川を、小銃を両手で上へさしあげて、全身ずぶ濡れになった幼い兵士たちが、一人また一人と渡って行った。

――実戦だったら、もっとひどいぞ、と一人が言った。

――ああ、もっとひどいさ、と一人がそれに応じた、もっとひどいさ。しかしなんだな、これくらい雨が降って、水が濁って……それから雨が止むと……

――それから雨が止むと、か。貴様が何を考えているかわかるさ、と潔は言った、おれもそういうことを考えていたのさ。雨がやむと、おれは継竿をもって、早速かけ出して行ったよ。学校がひけると、すぐさ……

――やっぱりミミズかい。ああ、冷てえ……

――ばかやろ、そんな時は、蚊針さ。相手はハヤだからな。ハヤは元気がいいんだ……濁った川をぐんぐんのぼって来る。

——釣ったやつはどうするの？

——それさ、潔は、水の中でよろけそうになり、足をふんばって流れにさからいながら言った、家へ持って帰るんだ。すると、もうお袋が、うどん粉と油を用意して待ってるよ、おれは必ず釣って帰ったからな。おれは熱い風呂で体をあっためて、親父のドテラを着こんで、お袋の側で待っていたよ。

潔は冷えきって紫色になった唇をなめた。

——すると、油がじゅうじゅういい出す……

——油がじゅうじゅうか……ああ、畜生……

——ああ、畜生、と別の一人が腹で水をわけながら震え声でいった、畜生、そんな生活はもう、金輪際、来ねえよ。

濁った水につかり、泥にすべりながら、潔はゆっくり歩いて行く、足の筋肉がつっぱって来る……

——どうもロシア語ってのは不愉快だな、と潔は心の中で呟いた、どの頁もどの頁も、やれ戦車だ、脱走兵だ、赤軍だ、山砲だ、自動小銃だ、行軍だ……単語一つみるたんびに、必ず演習や、今の生活やら思い出させるんだから。峰教官にしたって、こんなものばかり教えて、実際面白くないだろうな。なんでまたロシア語なんて勉強するつもりになったのかな。何だって、文官教官になったのだろう。将校生徒はロシア語を覚えるより、筆筒でも揃えろ、なんてばっかり言っていて、一体何を考えているのだろう……

——今度の外出の時は、おれの家へ来んか。

不意に峰教官の言葉がよみがえって来た。行ってみるか、と潔は思った、そしてもう一度、微笑を浮べた峰の顔を思い浮べた。

六月の日曜日の朝だった。ロシア語の時間のあとで峰に自宅の地図を書いてもらった潔は、その地図をたよりに、大井神明町のごみごみした家の一軒に峰の標札をみつけた。玄関に立って案内をこいながら、潔は、教室とちがって坂道で見せた微笑を浮べながら峰が出て来るのを予期した。

ふすまが開いた。糊のきいた白い絣の着物に、折目正しい袴をはいた峰が、笑顔どころか、これまで見たこともないような固い表情で現れた。潔は思わず直立不動の姿勢をとって、言った。

——お出掛けでありますか、教官殿。

——あがれ、と峰はぶっきら棒に言った、お前を待っていたんだ。

彼の顔は開け放たれた玄関の外の、緑の葉の間からもれてくる光線に、青く染って見えた。そしてあばたがひときわくっきりと、黒い斑点のように見えた。

——来るんじゃなかった、と潔は思った、彼はなにものかにひどく裏切られたような感じを味わった。来るんじゃなかった、と彼はくり返し思った。しかし彼は、ゲートルをはずし、帯剣をはずし、白い手袋をぬいだ。

床の間を背にして、ぬぐい清められたテーブルの向う側に、峰は正座した。潔も、きちんと膝を折ってすわった。

——何故、こんな固苦しさでおれをむかえたんだろう、と潔は思った。彼は弱々しい視線を峰の顔へ投げた。峰の表情は依然として固く、どのような微妙な心の動きをも封じこめてしまっていると思えた。部屋の中は薄暗く、白い絣と、薄い茶色の眼の色だけが、くっきりと浮びあがった。家の中では何の物音もしない。

たまりかねて、潔は口を開いた。

——教官殿は、何か私に、精神訓話をされるのでありますか。

——いや、別にそんな事は考えておらん、と峰は言った。

——何か御迷惑でありましたら……

——迷惑？　おれがお前をよんだんじゃないか。ああ、と峰は着物の袖をひっぱった、これか？　これが固苦しいんだな？

——いえ、そういうわけではありません、教官殿。

——これはな、学校友達でも来るなら、こんな真似はせんよ、峰の眼が気のせいか、鋭く光ったように潔には思えた。

——将校生徒だからな、お前は。一日二十四時間、如何なる時にも心をゆるめてはならん生徒を迎えたんだからな。

峰の唇の端に複雑な笑いが浮んだ。

——そうだろう？　どんな時にも気をゆるめてはならんのだろう？

——そうであります、教官殿、と潔は辛うじて言った。ひざの上へ置いた両手が、かすかに震えだした。

十二時少し前に、潔は峰の家を辞した。二人はぼつぼつと話を交したが、潔はろくに覚えてもいない。何故だか、自分が不当にも、手ひどく傷つけられた気がする。峰が憎かった、しかし、峰のどこを、何を憎めばよいのか。袴をはいていたことか、それならば、峰が言った事は区隊長が常々言っていることと変りはしない。疎開作業で、もうもうと白い埃のまい上る道を、唇をぎゅっとひきしめて潔は歩いて行った。雑嚢の中に、行く時にははいっていなかったものが、はいっていることにふと潔は気付いた。お前はロシア語が出来るから、これでも読んでみろ、と峰が言って貸してくれたかなり分厚い露語の原書だった。たしか、その折に、峰は、

——ロシア語って、お前が言うように、兵隊のことばっかりじゃないさ、と言った。してみると、と潔は思った、おれは、教程をなにか、こきおろしたんだな……かまうもんか。

潔は中隊へ帰ると、本をろくすっぽ見ないで、すぐ週番士官のところへ持って行った。中隊長と区隊長の許可印をもらうためだった。

或る朝、起床して中隊舎前に出ると、早くも夏の日の光は、密生した松林の梢を金色に染め、芝生の、針のように光った一本々々の葉の上でふるえていた。太陽の熱でまだ暖められていない空気は、潔の裸の上体を冷たく洗った。竹刀を振ると、体の奥から、熱っぽい力が無限に湧き出して来て、四肢にみなぎって来るようだった。すべてが明るく、すべてが澄み切っていた。実際には、昨日までと何一つ変ったことはないようであった。巨大な食堂は、ダイナマイトでふきとんだ訳でもなく、相変らずどっしりと地面をおさえつけていた。厩《うまや》からは、例の如く、幾百頭の馬のたけだけしい、いななきが、空気をふるわせてやって来た。上級生に欠礼すると、喉をつきとばされた。だが、やっぱりすべてが一変していた。潔の眼には、きらきらと金色に光る朝の空気の中で、すべてのものは、昨日までの重苦しい物体としての形も重量もうしなってしまっていた。彼は考えた——今日は、修身に、物理に、数学、それから製図がある。午後は、何時ものように練兵場で戦闘訓練だ。それらは一分の無駄もなく整然と組みあげられている……しかし、と彼は思った。辛ければ辛い程、最後の二時間はすばらしいんだ、この二時間はおれのものだ。

最後の二時間とは——自習時間だった。

峰教官の家を訪れてから二週間ほどたった時、彼は原書の許可のことで区隊長に呼ばれたのだった。彼はその時、区隊長とかわした会話をはっきりと覚えている。

——お前は、と若い大尉は言った、何故ロシア語の原書なんか借りたのか。

——教程だけではもの足りなかったからであります。潔はあいまいに答えた。

——うむ、と大尉はうなずき、何やら黒い秘密めかしい小型のノートをめくって、のぞきこんだ、お前は露語はずいぶんよく出来るな。中隊で一番だ。いや全校でも珍らしいくらいだ。術科の方も熱心だ、しかし……化学の成績がひどく悪いな。お前は化学は嫌いか。

——嫌いではありませんが……

——よかろう。大尉は検閲の欄へ、ペタリと朱印を押して、原書を机の上へ放り出した。思想的にどうというところはない本だそうだからな。せいぜい予士校にいる間に、語学もやっておけ。本科へ行くと、それどころじゃなくなるぞ。

そして彼は厳かにつけ加えたのである。

——露語が今くらいの成績だと、卒業の時には、気をつけ、天覧に供する露語答案を作成することを命ぜられるだろう。区隊長にとっても光栄だ、しっかりやれい。

が、然し、峰教官を訪問した記憶が不快なものであったために、潔は幾週間もの間、本たての中へ、その本をつっこんでおいたまま読もうともしなかった。そして、たまたま、前夜何気なく、その分厚な原書を自習時間にひっぱり出したのだった。

実際、彼は何気なく、厚い古びた表紙をめくったのだ。紙はすっかり茶色に変色していた。かびくさい匂いがうっすらと、たちのぼって来た。それは、パリパリいう新鮮な音と、強い印刷インクのにおいのする露語教程とは、まるきり違っていた。潔は、自分が、古いじゅうたんのしきつめてある、暖かいが幾分暗い、どこか書斎とでもいった処へ連れこまれて行くような、不思議なときめきを感じた。それは、入校以来、決して味わったことのない雰囲気だった。彼は思わず、小さな身震いをした。

彼はもう一枚めくった。すると、多分それは、誰かの小説であるらしく、大きな題字が出て来た、彼は読んだ、Крыжовник クルイジョーフニク……

無論、彼はそんな単語を知らなかったので辞書をめくった。すると、戦車や重砲とは、絶対に何の関係もない言葉が出て来たのだ。彼はじっと目をこらした——すぐり、という文字の上に。たちまち、小さな緑色の葉や、しなやかで細く長い枝や、それらの間の、緑色の、紫色の、小さなガラス玉のような実が、潔の眼の前をさえぎった。彼の舌は、その酸っぱい味に痙攣した……

昼間の烈しい訓練の疲れで、赤く、はれぼったい眼が大きく見開かれた。彼の指はあわただしく、ひっきりなしに辞書をめくった。実際、軍用露語教程にはない単語ばかりが並んでいた。彼が理解できる言葉と言えば……デアル……デアッタ……シカシ……などという類のものだけだった。が、彼は、人間が、高い、嶮しい山を一歩々々よじ登って行くように、進んで行ったのだ。一行をやっと終り、二行目にはいった。彼は読んだ……

……было《ブィロ》 тихо《チーホ》, не《ネ》 жарко《ジャールコ》 и《イ》 скучно《スクーチノ》……

彼は自分流に直訳した。

――静かだった、暑くなかった、そして……彼は終いの単語を引いた。スクーチノ……副詞、退屈に、面白くなく。淋しく。

――静かだった、暑くなかった、そして、退屈だった……そして退屈だった……

あ、あ、と彼は胸の中で小さな声をあげた。そして、退屈だった……こんな言葉の、そしてこんな表現の通用する世界は、この学校の中には全くなかったのだ。そして彼はブイロ・チーホ、ネ・ジャールコ・イ・スクーチノ、とまるで詩の一節でも暗誦するかのように繰り返していると、夏の、さえぎるものの何物もない平原が、まるで海のようにゆったりとその姿を彼の体の中にひろげて行き、ロシア語を習うと聞いた時から浮んで離れることのなかった二つの死体が、次第々々に薄れて、広い平原の彼方へ、ゆっくりと沈んで行くのを見たのである。

この夜から、自習時間は、その名前の如くまさしく自習時間そのものになった。潔は夜の二時間の中で解き放たれる思いがした。峰の家を訪れたの時の不快さは、嘘のように消えてしまった。潔は思った。

――やっぱり、峰教官は、ほかの教官たちとは違っていた、それにしても、こんな本を貸してくれるなんて、何ていい教官だろう。

武蔵野に秋が来た。風が日一日と冷たくなり、木々の葉が風の弦をうけてかきならす音は、日ましに、乾いた、単調な音に変って行った。そして、どんなに鋭く、強く風の弦が木々に触れても、もう音楽は聞えなくなった。木々は裸になっていた。そして、雪よりも一足先に、雪よりも白く、B29が青い空に浮ぶようになった。

年を越えて空襲は烈しさの度を加えて行った。午前も午後も、正常な課業が中断されることが多くなっていった。潔が峰教官に会う回数も、だから、減っていった。そんな、或る日の朝だった。

ロシア語の授業が終ってから、寒い廊下の一隅で、潔は、峰教官を呼びとめた。潔は寒さにもかかわらず、白い頬に鮮かな血の色を浮べていた。眼は、そのために全身を投げ出しても悔いのない希望を持つ者の、熱っぽい、輝き出すような光をたたえていた。こんな眼は、もう、栄養の乏しい、睡眠不足と烈しい訓練にうちのめされている生徒たちの誰にも発見できないものだった。峰はその眼を見て、うたれたようにたちすくんだ。

――教官殿、と潔は憑かれたように早口で言った、私は、クルイジョーフニクを全部、暗誦いたしました。

そして潔は、微笑した。じっとみつめていた峰の顔に、はじめは疑わしいような、やがて、どうしても信ぜざるを得ないような表情が走り過ぎた。峰の眼は、一瞬、何もかも忘れ果てたように、輝いた。がしかし、次の瞬間、彼はぶるっと頭をふった。峰の顔が硬くこわばって来た。それから、突き放すようにとげとげしい眼になった。ようやく、彼は、低い声で言った。

——ちょっと、やってみい。

潔は棒立ちになったまま、すらすらと暗誦しはじめた。一字一句もつかえず、正確に発音しながら、彼はつづけた。

突然、峰は右手をつき出して、烈しく言った。

——やめえ。もういい。

峰と潔は黙ってむかいあって立っていた。潔の眼は酔ったようにうるんで、優しく峰の顔を見ていた。峰は、かすれた声で言った。

——香取は、航空へ進むそうだな。

——そうであります、教官殿。と潔はおうむ返しに答えた。自分が何を言ったか、ろくに考えていないような返事だった。

——すると、もう一ト月で卒業だな。

——そうであります、教官殿。

峰の顔に毒々しい笑いがふきあげた。彼はすぐ、その笑いをおし殺して、ゆっくりと、言ったのだ。

――原書は返してもらおう。

――は？

――お前は航空へ行くんだ、もうロシア語どころではなかろう。

潔は幾分青ざめた顔つきになった。

――もうすぐ、香取には、天覧に供する模範答案を作成してもらわねばならん。もう、それくらい出来たら、原書も必要なかろう。それから、……峰は、潔の眼を深々とのぞきこむようにしながら言った、……香取は必要以上に原書を読みすぎたようだな。おれもな、学生時代は片っ端から読みあさった、片っ端からだ、然し、今はな、こうして皆を立派な将校生徒に（この時、また冷たい笑いが浮んだ）しようと思って教官をやっている。模範答案を作りあげたら、もうロシア語は忘れろ。

――いいえ、忘れません、教官殿。

潔は、小さな声で、弱々しく、そして、のろのろと言った。彼の眼から次第に、光が消えて行きつつあった。潔は、もっと小さい声で言った。

――忘れません、教官殿。

――そんなものをいくら暗誦したって、もう無駄だ……無駄だ、と峰は我を忘れたように大きな声で言った、彼は自分が教官で、潔が生徒であることなど忘れてしまったかのようだった。

――生徒隊長殿もいつも航空生徒には訓辞されているではないか、お前たちは、名誉ある特攻要員になるのだと。

潔の眼は輝きを失って、鈍くなった。彼は、喋りつづける、痩せた、猫背の一人の男の顔をじっと見ていた。それから、低い声で言った。

――わかりました、教官殿。

潔は、自分の眼から、輝きが全く失われてしまったことには、無論、気がつかなかった。ただ彼は、ここ半年の間、毎晩、輝いていた二時間があって、そしてそれというのも、古びた一冊の原書が机の上に開かれるからだということ、そして、実は、その古びた外見にもかかわらず、その本の世界へはいって行くと、その世界には、真に輝いた日の光があるということ、そして今は、永遠にその光が消えうせたということ、その光を奪い去って行ったのは、今眼の前に立っている、この貧弱な痩せた男だ、ということをぼんやりと感じていたのだ。そして、遂に、彼には、この灰色の皮膚を持った男が一体どういう男なのかを理解できず、また理解する必要もなくなったことを感じたのだ。

潔は、敬礼した。彼は峰に背をむけた。人けのなくなった、冷えきった長い廊下を、一度もふりかえらずに、歩いて行った。

珍らしく空襲のない、晴れ渡った三月の空の下で、航空生徒の卒業式があった。晴れてはいたが、風が強く、寒かったので、生徒たちの頬には紫色の斑点が出来た。彼等の襟には、はじめて、上等兵の襟章がついた。ごく短期間に、それは、兵長になり、伍長になり、軍曹になり、曹長になり、少尉になる約束だった。そして、曹長か少尉の襟章の時には、或いはもっと早く軍曹の襟章の時に、それは一瞬のうちに、みじんに砕ける事も約束されていた——つまり、この少年たちは、文字通り特攻要員として、送り出されるのだ。

号令がかかった、ラッパが鳴り響いた。荷物をかかえた、真新しい軍服を着た生徒の列が動き出した。それは、一本の黄色い長い帯となって、数百人の、きらびやかな将校たちの前を通り、カーキー色の制服に、白い手袋をした数百人の文官教官たちの前を通り、金色の菊の紋章の輝いている学校本部の前の砂利の上を歩き、ゆっくりと坂を下って行った。

潔は、まっすぐ前をむいて歩いて行った。彼は前方の文官教官の列の中に、寒そうに、猫背の背をいっそうかがめた一きわ背の高い顔色の悪い男が立っているのを認めた。彼が気付いたと同時に、その男も潔の姿に気付いた。二人は一瞬、眼をみつめあった。しかしお互いに、お互いの前を透明な風が流れて行ったかのようだった、二人の表情は見たところいささかも変らなかった。文官教官の茶色の眼は、暗く、さざなみ一つない濁った池だった。男の前を潔は通りすぎた。

不可解な峰教官の言動も、今となっては最早何の意味もなかった、殆ど唯一の心の支えであったロシア語すらも。

すべては、過ぎ去ったことだった、潔の眼には、何ものも、うつっていなかった、それは、彼がこれから飛び上って行こうとする、無限に広い、無限に深い、青い空だった。

水

佐多稲子

■さた・いねこ　一九〇四〜九八
長崎県生まれ。主な作品『くれない』『時に佇つ』
初　出『群像』一九六二年五月号
初収録『女の宿』（講談社、一九六三年）
底　本『佐多稲子全集』第十二巻（講談社、一九七九年）

幾代はそこにしゃがんでさっきから泣いていた。彼女がしゃがんでいるのは、上野駅ホームの駅員詰所の横だった。だから幾代のしゃがんでいる前には、もう客を乗せて時刻を待っている列車の鋼鉄の壁面があった。正午を過ぎたばかりで、空にはうらうらとした春の陽ざしがあったが、列車にさえぎられて、詰所との間の狭い場所は蔭になっていた。グリーンのセーターに灰色のスカートをはいて、その背をこごめ、幾代は自分の膝の上で泣いた。膝にのせたズックの鞄を両手に抱え込んでその上で泣いていた。すぐ頭の上の列車の窓から、けげんな顔で人ののぞくのも知っていたが、どうしても涙はとまらず、そこよりほかの場所に行きようもなかった。列車の窓の視線に、パーマネントののびたのをうしろで丸めただけの頭髪を見せて、しきりにガーゼのハンカチで涙を拭いていた。

まだ二十歳にもならぬ若さだがあたりかまわず働いていることがひと目で分るような、こりんとした顔だ。それが泣き濡れていよいよ頼りなくまずしげに見えた。この春の日なかに、駅のホームにしゃがんで泣いているということ自体、頼りなくまずしいことにちがいなかった。

ホームの上は、片方の線にも列車を待つ人の列があって、ほこりっぽい混雑を呈している。幾代のいる駅員詰所ぎわはホームも先きの方のせいでいくらかその混雑からはずれているが、しゃがんでいる彼女の前もときどき駆け抜けてゆく人の足でざわついた。このほこりっぽい混雑の中で、幾代はまったく自分の膝の上の鞄を抱きしめているよりほかなかった。しっかり鞄を抱いているのは、彼女自身が頼りなくてつかまり場を欲しているからだった。が、彼女はそれを誰かに求めるように意識しているのではなかった。むしろ彼女は、この駅の雑閙《ざっとう》の中で、自分ひとり打ちひしがれた悲哀にいることをそのまま受け入れて、ただ、とどめようもなくあふれ出る涙をあとからあとから拭きながら、胸の中で母親を呼んでいた。

幾代の働いている神田小川町の旅館に、彼女あての電報がとどいたのは昨日の朝だった。幾代はこの旅館の台所で働いていたから、団体客の朝の食事がすんで下がってきた五十人分の食器を洗っていた。

ハハキトクスグカヘレという電文を前にしたとき、幾代ははじめ、瞳孔のひらいてゆくような不安な表情をした。

「こんな電報がきたんですけども」

主人の前へ出てそう云うと、主人は狡猾に目を働かせた。主人の疑いは大勢の使用人との関係で身についた警戒から出たものだったが、幾代あての電報が嘘ではないらしいとわかったあとも、不人情を言葉の上で瞞着《まんちゃく》しながら、半ば威圧を加えてまざまざと不機嫌になった。それはこの多忙な時期に、使用人を失いたくないという本心をさらすものだった。

「次の電報を待つんだね。ほんとに危篤なら、今から帰ったって富山までじゃ、間に合やしないよ」

「はい」

そう答えるしかなかった幾代を、寸時も立ちどまらせるすきを与えず台所の仕事が追いかけた。

越中釜ケ淵の農家から幾代がこの神田小川町の旅館に働きに出たのは、一昨年の冬だった。主人が同郷の縁故で、この旅館の下働きに住みこんだ。

「お前さんも脚さえ悪くなきゃね」

と、主人は幾代の身体を哀れむように見まわした。

「はい」

そういうときも幾代は優しい微笑を浮べているだけだった。

幾代は左脚が少し短かった。そのために近くの紡績会社を希望したときも採用にならなかった。が、この旅館に働きに出て、幾代は満足していた。下働きでも毎月、母親に送金できるだけの給料があったし、少額ながら貯金もしていた。

幾代は給料を貯めて、一度は母親を湯治に出したい、とおもっていた。郷里の母親は、旅館の女主人と同年齢だというのが信じられないほど老けていた。幾代が中学生のとき、入善《にゅうぜん》の紡績工場に働いている姉からの送金で、母親は一度湯治に出かけた。湯治といいながら、大風呂敷いっぱい、つくろいものの衣類を包み込んで持って出たが、たった四、五日の湯治から帰ってきたときは、見ちがえるほど、母親は若がえっていた。腰も伸びて見えた。普段は、家の中でも腰を曲げた姿勢をしていた。幾代がまだ小さいときから母親はそんなふうに腰を曲げていた。それは年齢のせいというよりは、生活の習慣でそうなったというものだった。それが湯治から帰ってくると、頬が光って、色が白くなっていた。

それ以来、母親のたのしいおもい出話は湯治のことにきまってしまった。湯につかって、三年はたしかに生きのびた、といい、宿の広間にかかった旅まわりの芝居を二晩つづけて見たことも忘れられないらしい。ひとりでじいっと縫物をしているときなども、母親はひそかにおもい出しているのかもしれなかった。そばで宿題をしているとき、ふいにそれを話しかけられたりしたことで、幾代はそうおもうのであった。

「姉ちゃが、工場で働いたお金、おくってくれたでエ」

と、語尾にアクセントをつけて、必ずそれを云った。そういうとき幾代は、自分も働けるようになったら、給料を貯めてこの母親を、今度は自分が湯治に出してやりたいとおもった。

幾代が五歳のときに父親が亡くなった。兄が十三歳、姉が十歳、末子だった幾代はまだ母と一緒の床に寝ていて、眠りながら、くせになってまだ母親の乳を探ることがあった。母親の乳房はあたたかくて柔かだった。父親が亡くなって幾月か経ったある夜、母親が床にはいってきた気配を感じた幾代が、手を母親の胸に差し入れて乳を探った。とたんに、ぱっと払いのけられて、目が覚めた。目が覚めると、払いのけられたことが口惜しくて、意地になってまた母親の乳房を求めた。

「いやだッてば」

母親は真剣な声を立て、身ぶるいして、幾代の手を払った。それがあんまりじゃけんだったので、びっくりして幾代は泣き出した。

「なに、泣くう」

母親はまだおこっているような調子だった。

そんなときの微妙なことは、幾代にわかるはずはなかった。またある夜は、ふと、母親が泣いているような気がして目を覚ましたこともある。

「かアちゃ」

そっと呼ぶと、しのび泣きはとまって返事もなかった。幾代は、くら闇の中でそのときは母親の顔を探った。その掌が、母親の涙で濡れて、それは、父親の亡くなったあとの苦労の悲しみなのだ、とはっきりわかった。あるいはその悲しみは、幾代の身体のことを案じてのものかも知れなかった。幾代は成長してからもそのことをときどきおもい出した。

幾代の左脚が短いことを母親はふびんがって、自分のせいのように謝ることがあった。幾代が二歳のとき、高熱がつづいたのを抱いて、富山市の病院へも連れて行ったのだという。

「一ヵ月も入院して、命のあったのが見つけものと言われた。なアん、片脚が少々短うても、気にせんこっちゃ」

小学生のとき田圃道を帰ってくる途中で、男の子に、ちんば、ちんば、とはやし立てられたことがある。丁度ゆき逢った母親がそれを聞きつけた。すると母親はいきなり大声にわめいて小石を投げた。幾代の方が母親の見幕を恥ずかしくなって先きに走った、走ってゆく幾代の姿は、ぴょこん、ぴょこん、と左肩がさがっていた。

しかし幾代は、明るいとは云えないにしろ、素直な性質だった。旅館の台所で終日立ち働きながら、身体の引け目を見せなかった。どこかに負けん気をひそめていて、それが素直さにもなり、身体の引け目を見せぬ働きものにもするらしかった。この旅館に住み込んで一年と数ヵ月で、料理方も主人も、幾代の働きぶりの誠実さを認めた。東京の他人の中に出て苦労するものと覚悟してきたから、幾代の方では自分が認められるのを仕合せに感じさえした。

「幾ちゃんはいいかみさんになるよ」

あるとき幾代は、料理人が女中たちをつかまえてそう云っているのを聞きつけた。そこまではよかった。が料理人は幾代が聞いているのを気づかずに、あとはにやついて、幾代の脚のことにふれ、あけすけなほめ言葉までつけ足した。幾代はそのときは唇を嚙んで涙を浮べた。彼女にはそんなあけすけな評言は、自分の悲しみをひそめた身体の中までずけずけと踏み込まれるようにしか聞けなかった。

主人は、はじめ恩恵をほどこしたつもりで幾代をやとったがおもわぬ拾いものをしたわけだった。幾代がこの頃から、郷里の母親に東京見物をさせてやろう、とおもいはじめたのも、主人からそう云われたからだった。主人は幾代に優しい言葉をかける意味で、田舎のおっかさんに東京見物をさせておやりと云い、泊るのはうちで泊めてやるよ、と云ったのだった。

そんなふうだったから、ハハキトクスグカヘレの電報がきたとき、幾代は、早速暇がとれるものとおもっていた。自分の一大事は、主人もそのとおりに承知するものとしか考えなかった。それがそのとおりに運ばなかった。幾代は、そこに他人を感じ、夜更けて床についてから、ひとりで泣いた。

ハハシンダ、カヘルカ、と次の電報が今朝配達された。幾代は台所の板にへたっと坐ると、

「ああ、かアちゃ」

と、細い、しぼるような泣き声を上げて突っ伏した。

彼女はもう朝のやりかけの仕事をしなかった。泣きながら身まわりのものと貯金通帳を鞄に詰めると、河岸に出かけて留守の主人の帰りを待たずに、女主人にだけ挨拶をして上野駅へ駆けつけた。幾代が出てくるときも、女主人は、夫の留守を口実に引きとめようとした。

「それに、もう死んじゃったんだろ。あんたが帰ったって、死んだものが生きかえるわけでもないしねえ」

幾代は固い顔をしてそれを聞いていた。聞いていたけれど、反応さえ見せなかった。ズックの鞄を抱えて旅館の台所口から出て歩き出す幾代は、いつもより腰のゆれが強かった。母親が死んでしまう、という実感にそそられて、はじめて幾代は、自分と母親とのつながりの深さに気づいた。それは幾代にとって唯一の安心の場所が無くなることだった。幾代が身分の身体の引け目を感ぜずにすむのは、母親の前だけであったと気がつくからだった。幾代の身体の悲しさが、もし母親の云うように前世からの約束ごとならば、その罪は母親もいっしょに被るものだった。あるいは母親の罪のために幾代が悲しみを背負っているのかもしれなかった。幾代は母親の労苦を知っていたからそんなことを口に出しもしなかったけれど、兄や姉の前にさえ勝気にふるまう意識の操作を、母親に対してだけは感ぜずにすんだ。

その母親が死んでしまう。一刻も早く、母親の前に行って、母親と一緒に泣きたかった。母親はすでに死んでいるのかもしれない。が、幾代には母の姿は、木綿の薄い夜具の中に眠っている姿でしか想像できなかった。そこにまだ母親は存在しているはずだった。幾代はそんな母親を想像すると、今までの感情になかった性質の哀れみで、可哀想、と切実に感じた。もう母親はすべてに対してすっかり無力になっているにちがいないからであった。しかもその哀れみの感情は、幾代自身にも及ぼして、劇しい悲哀がこみ上げていた。昨日の電報のとき、主人に負けてしまった自分の弱さから、母親まで敗北のまき添えにしたような口惜しさがあって、幾代の悲哀を深くしていた。

幾代はもう完全にひとりになるはずだった。ひとりになるということは、彼女の身体の悲しみの重さを、ひとりで背負ってゆくことだった。ホームの混雑は幾代をひとり疎外しておのおのの行方に気負い立っていた。幾代の方でも、その騒がしさは無関係だった。

幾代の乗るはずの列車がホームに入るまでまだ一時間待たねばならなかった。彼女がしゃがんでいる前の列車は、いよいよ発車するらしかった。合図のベルがホームに流れた。彼女はそれをしおに、幾代は鞄を抱え腰を立てて立ち上った。泣きつづけた彼女の小さな顔は、色白の皮膚を晒したように赤味を消して、瞼が垂れ、細い目がいよいよ細くなっていた。

幾代は、動きだした列車と反対の方向に、重い足で歩き出した。彼女の肩が歩調にともなって、ゆっくり揺れた。彼女はそのとき、列車の窓の視線に自分をあからさまにしたわけだった。

駅員詰所の建物の先きに水道があった。水道の蛇口はさっきから水を出しっ放しであった。駅員が薬かんに水を汲んでそのままくるりと身体をまわして元気に行ってしまってからあと、水は当てなしに流れつづけていた。そのそばを通ってゆくものも多かったが、誰ひとり蛇口の栓を閉めなかった。

幾代は、悲しみを運んでそこまで歩いてきた。顔を上げているので、瞼をあふれた涙が頬に筋を引いた。が、幾代は、水道のそばを通り抜けぎわに、蛇口の栓を閉めた。音を立てて落ちていた水がとまった。が、幾代は自分のその動作に気づいてはいないらしかった。それは無意識に行われただけだった。列車は音を立てて出てゆき、明るくなったあとに街の眺めが展がった。が幾代は、再びもとの場所にもどってしゃがみ込むと、今までと同じように泣きつづけた。その場所に、さえぎるものがなくなって春の陽があたった。

おくま嘘歌

深沢七郎

■ふかざわ・しちろう　一九一四～八七
山梨県生まれ。主な作品『楢山節考』『みちのくの人形たち』
初　出　『新潮』一九六二年九月号
初収録　『庶民烈伝』（新潮社、一九七〇年）
底　本　『庶民烈伝』（中公文庫、二〇一三年）

おくまは今年63で、数えどしなら64だが、「いくつになりやすか？」と聞かれると、「そろそろ、70に手が届きやアす」と言って、数えどしでは66にも、67にもなるように思い込んでいた。もう老耄《おいぼ》れて、役に立たない様に思われて、（それだけんど、まだまだ、そんねに。）と腹のなかでは言ってるのだった。毎年々々としの数がふえるのは悪事の数が重なる様に怖ろしく、「いっそくとびに80になりゃいいけんど」とグチをこぼすように言ったりして「生きているうちだけは達者でうごいていたい」というつもりで言ってるのだった。おくまは本当の名は「つぼ」というのだが死んだ亭主の名が熊吉で、亭主からは「お前《マン》、お前《マン》、」と呼ばれて、近所の人達には「熊さんのオバさん」と呼ばれたのだった。亭主の仕事は大工だったが「叩き大工」の腕しかなく、鉋《かんな》けずりと釘のアタマを叩くだけで「クマ、クマ、クマ、」と親方に使って貰うように、稼がせて貰って死んで行った。亭主は「クマ、クマ、」としか呼ばれなかったがおくまが「熊さんのオバさん」から「おくまさん」と呼ばれるようになったのは、おくまは色が黒くて背《セイ》が低く、足が短くて四角の様な肩はばで、顔はでかいが眼が細く、アタマが小さくて頸《くび》が短く、頸を廻すには身体も廻すので「熊の様な恰好だ」からではなく亭主の熊吉より気がきいていて、ひとに親切だし、正直だし、働き者なので「クマのおかみさんには過ぎた者だ」と言われてグズな亭主のクマより呼びかたを遠慮されたのだった。おくまも本当の名の「つば」と呼ばれると唾液の「ツバ」の様だし、「おくまさん」と呼ばれれば亭主の名を聞いている様な気がするのだった。

亭主は叩き大工だったが息子は19の時から電気会社に24年も勤めて今では集金の主任になったのだった。嫁はおくまより過ぎた者で「こんな家へ、貰えるような嫁ではない」と思う様な大百姓の家から来たのである。息子がまじめで評判がよかったからだった。

おくまには息子1人と娘が1人で2人しか子はなかったが息子は5人、娘は4人も子を持ったのでおくまには孫が9人もあるのだった。集金主任の息子の勝男は親思いだし、嫁も気だてがよく、なんでも話し相手にしてくれるのである。娘のサチ代も運がよく、2里ばかり離れてはいるが「駅へ出ている人」に嫁に行って、今ではその婿は助役になったのだった。

おくまは息子夫婦や孫だちと一緒に暮していた。去年、家も建て直したし、一番うえの孫は今年、大学の試験が受かって東京へ行って、一番末の孫も小学校へあがっていた。裏の畑は「猫の額ぐれえの、7畝しかごいせんが」とおくまは言うが、葱も茄子も大根も、トマトやジャガ芋やいんげん豆もおくまが1人で作って家で使う野菜などは間に合せているうえに鶏を30羽も飼っていた。たまごは売るのだが「ダメでごいすよ、たまごを産む率が悪くて、餌代にもならんでごいすよ」とおくまは言うが、年寄りに出来る仕事はこんなことのほかにはないと思って一所懸命に飼っていた。家で食べるたまごは買わなくてもいいし、売った卵代は（ちっとばっか、トクになるから）と採算をとれば儲かっているのだった。だからおくまがよく、

「ワシなんか、厄介者《ヤッケエモン》でごいすよ」

と、よその人に言うが、嫁は、

「おばあちゃんがいなけりゃ困るに」

と言って、嫁の言うのが本当のことだった。

このごろは、熊のように黒いおくまの顔にシミが出て、シミも黒いが黒さが違うのでアザのようだった。嫁の自慢はおくまが鶏を育てることがうまいことだった。

「5羽や6羽のヒヨコなら、手ノヒラの上で育ててしまいやすよ、おばあちゃんは」

と、よその人によく言うがおくまは育雛《いくすう》もうまいが飼い方も上手だった。おくまの家の鶏はよその鶏よりもたまごを産む率が多く、

「飼い方がうまいのだよ、何か、秘伝《コツ》があるら？」

と聞かれたりすることもあるほどだが、

「なに、そんなこたア、ごいせんよ」

と言って言わないがおくまの胸の中には思い当ることがあるのだった。

晴れた日で、鶏小屋は日当りがよく、おくまは腰をかがめて鶏を眺めていた。鶏を眺め

ているのが好きで、鶏は餌をたべたり、砂をあびたり、水をのんだりいつでも同じことをしているのだがおくまはそれを長い間見つめていてあきないのは、鶏を眺めながら考えごともしているのだった。おくまの楽しい考えごとは娘のサチ代のことだった。サチ代はまだ37なので若いが4人の子供の世話をすることで追われているのである。末の子は3ツになったばかりの男の子で、肥って重たいがまだおむつの癖がついているのに、飛び歩くので目が離せないし、ほかの子も男ばかりなので女の仕事はサチ代だけなのである。サチ代は子供のめんどうをしながら食事や洗濯で暇がないのである。

（あしたあたり、サチ代のところへ行って来よう、行って、少しでもサチ代の手助けをしてやって、それだけサチ代の身体を、楽をさせてやろう）

と行きたくなったのだった。今日は鶏が卵を産む数が少なく、いつもは20個も産むのに今日は昼すぎになっても7個しか産まないのである。こんな日の次の日はびっくりするほど産むことをおくまは知っていた。

次の日、おくまは朝早く鶏に餌をたくさん食べさせた。少しになったおくまの髪の毛だが丁寧にとかして小さいアタマのうしろへ小さく巻いた。家の前を通るバスに乗るのだが途中で乗り換えなければならないのである。20分おきに通るバスだが乗り換える先のバスはなかなか来ないのだった。

「ちょっくら、行って来るけんど」

とおくまは嫁に言った。夕方の鶏の餌の分量も計っておいたので、

「夕方《バンカタ》にゃ帰《けえ》って来るけんど、あそこへ、夕方《バンカタ》の餌を計っておいたから」

と嫁に頼んだ。出かけながら垣根の隅の山吹の枝を折ってまた裏へ引き返した。裏の畑の境に猫やなぎが開ききっているがまだ咲いていたのである。山吹と猫やなぎと卵を手土産に持っておくまは家を出た。が、また帰って来て家の中の嫁に、

「そんねに産まんと思うけんど、今日の卵はユデて、子供だちにやってくりょォ」

と声をかけた。今日は沢山産むと思うが、嫁はいつも、よく産むことを自慢しているので（やっぱり、よく産むものだ）と思わせたかったのだった。

バスに乗ればサチ代の家の様子が目に写るようだった。笛吹の橋を越して三ッ辻で乗り換えのバスを待っているあいだも足はうごきだすように落ちつかないのである。バスの前の店でせんべいを1袋買って待っていて、やっと、乗り換えのバスが来て、転がるようにおくまは乗り込んだ。

サチ代の家へ着いておくまは裏口から入って行った。何げなく来たように思われたかったからだった。家の中では話し声がしていて近所の女《ヒト》でも来ているらしい。末子の孫のシゲオが縁側にいるので、

「坊《ボー》ー、坊《ボー》ー」

とおくまは言って抱きつく様に抱え上げた。ゴム毬の様に柔らかいが重たくて片手に持

っている花もせんべいも卵も潰れそうである。あわてて縁側へ置いて抱き直した。

サチ代が、

「あれ、おばあちゃんが来たよう、坊《ボー》の顔を見たくて」

と言ってこっちを向いた。孫の顔を見たくて来たのだとサチ代は思ってるので、

「坊の顔を見たくて来たのオジャンけ」

とおくまは嘘を言った。シゲオの顔も見たいが娘のサチ代の顔を見たくて来たのである。だが、シゲオの顔を見たくて来たと言った方がサチ代は喜ぶだろうと思ったからだった。おくまがサチ代を可愛い様にサチ代は自分の子供の方が可愛いのである。

「あれ、よかったよオ、まったく、坊は」

とおくまは意味もないことを言いながらシゲオを背負《おぶ》った。

「あれ、まったく、よかったよオ」

と言いながらおくまはのろのろ廻り歩いた。ひょっと、縁側の上の洗濯物の竹竿の先が目についた。あそこの、吊してある紐は、この前に来た時も気がついたのだが片方の紐は戸袋のかげから吊してあるのだった。少しななめになっていて曲っているのである。壁の柱へ釘を打てばよいのでこの前来た時に打ち直そうとしたのだが高い所なので台がなければ打てないのだった。(こんどは、忘れないで、台を見つけて)とおくまは思った。が、シゲオを背負《おぶ》っているとすぐおくまの肩は痛くなった。が、まだおぶったばかりである。

りだが、

シゲオは来るたびに大きくなってこの前来た時よりも重いのである。いま、おぶったばか

（こんなにすぐ肩が痛くなっては困ったものだ）

とおくまは隠れるように裏へ行った。おぶっているのが重そうに思われては困るからだった。シゲオをおぶっている間だけはサチ代の身体が楽になる筈だが、おぶっているのが苦しい様に思われてはサチ代の方でも心苦しく思って気休めにならなくなってしまうのである。せっかく、サチ代の身体を休ませようと思って来たのにかえって心配をさせてしまうのである。おくまはシゲオをおぶって裏の桑の木の横から麦畑へ出た。歩いている方が時間がたつのが早いように思えるからだった。そうしておくまは遠くまで行って来たのだった。家の横へ帰って来た時は肩がシビれる様になってしまったのである。さっきの縁側のところへ帰って来ると、サチ代はまだ近所の女《ヒト》と話しあっていた。

「あれ、今までおぶっていたのけえ？」

とサチ代が言った。

「よく、そんねに重い坊子《ボコ》を」

と、話している近所の女《ヒト》も言った。

「なーに、いっさら、クタビれんでごいす」

とおくまは嘘を言った。疲れたと言えば、また次におぶった時にサチ代が心苦しく思う

からである。

「おばあちゃんは、おぶうのが慣れてるから」

とサチ代が言った。おろそうと思って帰って来たのだがもう少しおぶっていようと思った。

「なーに、いっさら」

とおくまは言った。シゲオは石の様に重たく肩が毟《むし》れそうである。サチ代が、

「寝るかも知れんよ、眠そうな眼だよ」

と言った。おくまはこのまま眠らせようと思った。おくまの歌う子守唄は手毬歌で、

ひとつ、ひと代さんはオメメが痛いよ
ふたつ、ふな代さんは太い川へ落込《ツッペッ》た
みッつ、みち代さんはみんなのお顔を突つくよ、

と、歌の意味などは考えないで口から出まかせである。本当の歌はこんな歌ではないがそんな歌の文句を思いだして歌っている余裕はないのだった。おくまのアタマの中はぼーっとなっているのだった。

よッつ、よしのさんはよその畑へツン向いた
いつつ、いちよさんは、

と歌ってそこからさきは口の中で歌っているだけである。

「うーうん、うーうん」

とふしまわしだけを口の中で言ってるだけになった。大きく息をするのを隠そうとしているのだった。のろのろ歌って、のろのろ歩き廻って、そうしてシゲオは眠った。

「寝たから、そーっと」

とサチ代に抱かせて、受取るようにまた抱いてそっと畳の上に寝かせて、（よかった）とおくまは思った。

夕方ちかくまでおくまはサチ代の家にいた。

「晩めしは、蕎麦《そば》でも」

とおくまが言いだした。蕎麦を作るのはサチ代よりおくまの方が上手なのである。サチ代よりおくまの方が力を入れて作るので蕎麦は上手に作れるのである。蕎麦粉を煉《ね》って、のし棒で延ばして、蕎麦を作ってやって、おくまも食べて帰ることにした。

「それじゃア、帰《けえ》るよ」

そう言って、おくまは裏口から帰って行った。かなり行ってからおくまはサチ代の家へ引返してまた裏口から入って行った。

「さっき、家の横に梯子《はしご》があったけんど」

そう言いながら家の横へ廻って梯子を持ち出してきた。縁側の物干竿の釘を打ち直すのを忘れたからだった。おくまは金槌を持って釘を口に銜《くわ》えて木登りの様に梯子を昇って、トン〳〵と釘を打って、這うように降りた。

「それじゃア、帰《けえ》るよ」

とまた声をかけて帰って来た。

家へ帰ると夕食がすんだ後だった。お膳の上には飯がすんだ後の茶碗や皿や箸がまだそのままになっていて、これから嫁が後をかたづけようとするところである。おくまは、ほっと、お膳の前に腰をおとした。が、すぐ茶碗や皿を台所へ運びだした。

「あれ、おばあちゃん、わしが洗うからいいよ」

と、嫁が風呂場で火を燃しながら言うけど、

「なに、いいよ〳〵」

とおくまは茶碗を洗っていた。疲れているけれども娘の家へ行って働いて、疲れて帰って来ては申しわけないような気がするのである。また、そんな風に思われてはこの次、サチ代の家へ行くときに気がひけるのである。

「バスへ乗ったり、疲れつら」

と、向うで新聞を見ながら息子も言うけど、

「なに、いっさら」

とおくまは嘘を言った。

暑い夏の日、風が少しもなく、まわりの空気は鉄の板で締めきられて止ってしまった様

にシーンとしていて、陽の光が地の上へ照りつける音がしているような昼さがりである。

ぽーんと、野球のボールが飛んできて物置小屋の壁に当った。その物置小屋の中の藁束におくまは藁をかぶる様に腰をおろしてうずくまるようにうごかないでいた。東京の大学へ行っている孫の安雄が友達を連れて帰ってきたのである。そのお友達に、熊の様なおくまの姿を見られては安雄が恥ずかしい思いをするではないかと、

「狒狒《ひひ》の様な、おばあさんだ」

などと言われるから、

「わしゃ、隠れるようにしているから」

と、嫁には本当のことを言って、安雄には、

「アタマが、重てえから、少しグアイが悪いから」

そう言って物置小屋から外へ出ないようにしていた。

おくまは数えどし72の春、病んだ。秋まで病んで1度恢復《よ》くなって、

「そろそろ、いちねん近くも起きられなんだでごいす」

と言って1年以上も病んだと思っていた。歩こうとすれば歩けるようにもなったが、高《たか》箒《ぼうき》で庭を掃いていて石につまずいて転んで、それがもとでまた寝ついた。

（こんなことじゃア困るなア、庭を掃くことも出来んじゃア）

と、おくまは、もし、病気は恢復《かいふく》しても思うように身体が動けないことを察した。

また寝ついたおくまは嫌いな食べものが多くなった。

「油ッこいものはダメだ、舌がまずくて」

と栄養価のありそうな物は嫌いになってしまったのである。息子が心配して、時々刺身やうなぎの蒲焼を買って来たが、

「舌がまずくて、食いたくねえ」

と食わなかった。孫だちがトコロテンを食べていて、

「トコロテンなんか、栄養はねえ」

という声を耳にはさんだ。おくまは、

「トコロテンは？」

と聞かれたので、

「トコロテンはいいら、口あたりがいいら」

そう言って美味《うま》そうに食べた。

おくまは嫁に教えるように、

「鶏を飼うにゃ青いものをやらなきゃアだめだよ、小く《チンピ》切って、青いものを小く《チンピ》切ってやるだけヒヨコは育つよ、親になっても青いものをやらなきゃアたまごは産まんよ」

と、おくまの飼い方をしつこく、くりかえした。

おくまは死ぬ時も嘘を言った。枕許で息子夫婦やサチ代が、

「よくなれし、よくなって」

と言って泣いてくれるので、

「ああ、よくなるさよオ、よくなって、蕎麦ア拵《こしれ》えたり、サチ代のうちへも遊びに行くさ」

と言った。おくまは数えどしの72の秋死んだが身体が動けなくなってしまったので自分では80にも、90にもなったと思っていた。

一条の光

耕　治人

■こう・はると　一九〇六～八八
熊本県生まれ。主な作品『指紋』『そうかもしれない』
初出　『この道』一九六七年八月号
初収録『一条の光』（芳賀書店、一九六九年）
底本　『耕治人全集』第三巻（晶文社、一九八九年）

一

長いあいだやっていると、人間だれだって、これだ！　ということにぶっつかるのではないか。達磨さんの面壁九年を持ち出すと話がむずかしくなる。求道精神の立場から言うのじゃない。私の友人に釣り好きがいたが、獲物はいつも少なかった。ゼロのときが多かった。好きなら、それでよいわけだ。ところが、ある日、会得した。なにを会得したか、ひと口には言えない。釣りの妙味とも言うべきだろう。それから釣りを楽しむようになった。態度でわかった。獲物にこだわらなくなった。釣れても釣れなくてもよいのだ。ところが不思議なもので、そうなると、よく釣れた。しかし深入りはしない。いいところでやめ、腰を下ろし、あたりを眺めるのであった。悠々たるものだ。私は何度かお供して、妙味を会得する前の彼と、後の彼とを比較できるのだ。説明するのは、ちょっとむずかしいが――。

これは釣りにかぎらないのだ。スシヤ、リハツ師――一人前になるには何年かかりますか、とラジオなどでよく聞く。

妙味の会得をもって一人前と解すべきか。自分のことを語るのはオコがましい。気が引ける。妙味とか一人前など持ってくるからいけない。馬鹿でもチョンでも、やっているうちにはこれだ！　という場合があるのだ。

そのときはこれだ！　と思わなくても、あとで振り返って、ああ、アノときがそうだった、と思う人だってあるだろう。自覚症状のある人もあれば、ない人もあるだろう。症状の軽い人もあれば、重い人もあるのだ。症状を思い違える人もあるだろう。人はさまざまだ。十人十色。

私の場合、ゴミと関係がある。ゴミが登場する。チリ、アクタ。まったく私にふさわしい。そのゴミは、四畳半にあった。あった——というより、転がっていた。

ときは昭和十八年○月○日、場所は繁華街の裏通り。繁華街の裏通りというものは佗しいものだ。どうしてそこに住んだかというと、空き室があったから。部屋の選択をする身分ではなかったのだ。前にいたアパートの持ち主が軍需工場に売った、仕方なく繁華街の裏通りの、そのアパートに移った、というわけだ。

私たちも、はじめからアパートにいたわけではない。はじめ——というのは世帯をもったときという意味だ。ひろ子と結婚したときは、シャレた家にいた。新婚気分を楽しんだ。まったく新婚気分は素晴らしかった。

それは自分が得た妻の精神、肉体から生ずるものだ。フクイクたる香り。酔っぱらって理性をなくした。そんな生活が二年ばかり続いたようだ。歓楽の空しさを知ったというと気がきいているが、無駄使いで生活が行きづまった、と言った方が当たっている。三浦半島までハイヤーを飛ばしたこともあった。富士山麓のヤマナカ湖に行ったときは、運転手と車を四、五日借り切った。バカなことをしたもんだ。いまなら、そんなことはなんでもない。大阪、神戸までだって車を飛ばす。日常茶飯事だ。しかし、昭和十年ごろは事情が違う。えらい贅沢だった。

賢い人間なら、そんな生活は一日でたくさんだろう。最初からやらないかもしれない。それを二年も続け、金がなくなって気づくのだから救われない。

金がなくなって救われたようなものだ。私にもう一度新婚当時の生活に戻りたいかと聞く人があったら、否と答える。確かにそこには、マヒさせるものがある。それだけに、ゾッとさせるものがあるのだ。

ひろ子が自堕落な女だったら、私はどうなったかわからない。ひろ子は妙な女で、私が三浦半島にハイヤーで行くと言うと、そんなもったいないことできないわ、電車で行きましょう、と言う。亭主風を吹かしたい私は、聞き入れない。二、三度反対したあと、ひろ子はハイヤーを雇ってくるのだ。

贅沢好きなようだが、決してそうでない。もしそうだったら、いままで一緒にいなかったはずだ。いくらも逃げ出す機会はあった。

シャレた家から、あのアパート――のちに軍需工場の寮になったアパート――に越したとき、逃げ出していたろう。それが最初の機会だった。しかし、ひろ子はそうしなかった。

引っ越した日は、さすがに泣いていた。一戸建ての家からアパートの二階のひと部屋に移ったんだから、無理もない。落ちぶれたような気になったのだ。実際、落ちぶれたんだ。私はひろ子と結婚する前は出版社で働いていた。健康を害し、そこをやめ、転地静養した。そこで、ひろ子を知ったのであった。

東京に戻ってから結婚したが、サラリーマンはごめんだった。ひろ子は不安がった。しかし、サラリーマンに戻る気がしない。金のあるうち、遊んで暮らした。そんな生活にハタンが来ることはわかっていた。それが怖くて、無茶苦茶をやった面もあった。

軍需工場の寮にならなかったら、もっといたろう。そこには四年いたが、軍事色が濃くなってゆくのがよくわかった。アパートは靖国神社の近くにあったが、赤タスキをかけた人をよく見た。参拝に来たのだ。年ごとに参拝する人はふえた。赤タスキは出征軍人だ。入隊する前にお参りするのは、再び内地の土を踏むことが許られないからだ。入隊してすぐ、満州や支那、仏印などへ連れてゆかれるのは珍しくなかった。

あのシャレた家をたたんだ年、日支事変がはじまったのであった。私の友人のうちに、新天地を求めて満州に渡った者もいた。

私はサラリーマンに戻りたくなかったが、学校を出てからずっとサラリーマンをやってきて、それよりほかに稼ぐ法がなかった。

なんとしても自分の時間が欲しかった私は、ある出版社の嘱託になった。私はひそかに書きものをしたいと思っていた。そのため自分の時間が欲しかったのだ。しかし、書いたものでは暮らせない。だから最低生活は嘱託料で賄う。私はうまいことを考えたつもりだった。三度の飯は食える。しかし部屋代が不足した。ガス代、水道代、ひろ子の被服費――捻り出すにも捻り出しようがない。ひろ子は毎日浮かぬ顔をしていた。私がものを書くのをあきらめ、月給取りになったら、ひろ子はそんな顔をしないですむ。私は出版社に勤めた経験から、ものを書くことがどんなに大変か心得ていた。小説家にだけはなるもんじゃない、と芯から思った。その考えはいまも変わらない。

しかし非常時には適用しない。赤タスキに混じって白タスキをかけた人を見かけるようになった。軍関係の仕事に徴用されたのだ。軍需工場と限らない。軍の機密で私などにはわからないが、仏印、ビルマ、ボルネオへ徴用されてゆく人もあるそうだ。

私が嘱託をしている出版社でも出征する人があった。社員が集まって、歓送会を開く。カーキ色の詰め襟に赤タスキをかけた人から、別人の感じを受けた。私は社員でないから歓送会には加わらなかったが、何度かその場に行き合わせたことがあった。

白タスキの歓送会もあった。年齢はまちまちだ。若い人もいれば年配の人もいた。その人たちは集合地はわかっていたが、それから先のことは知らなかった。集合地に何百人かの人が集まり、そこからちりぢりになるそうだ。

私もいつ徴用されるかわからなかった。私は眼が悪いから、出征より徴用される方の可能性が多かった。しかし、時局が切迫したら、眼の悪いことなど問題でなくなるだろう。どれだけ時間があるか——一年ごとに時間は縮まってゆくように思われた。一日一日の自分の時間が貴重だった。私はひろ子を無視することにした。しかし一緒に暮らしているのだ。無視できるはずがない。

私は机にしがみついた。机にしがみつき、書いているあいだ、すべてを忘れた。書くことに没頭した。それが金になるならぬは、問題でなかった。私がものを書いていることは、やむをえない場合のほか口外しなかったから、極く少数の人しか知らなかった。自信もないし、恥ずかしくて吹聴できないのだ。

ひろ子はとうとう勤め出した。勤め先は彼女が探したのだ。ある農業団体の事務員だった。

二

ゴミの話に戻ろう。人間の生活とゴミは切り離せない。生活していると、ゴミは出る。どんな清浄な部屋でも、ゴミは出る。掃除したあとはきれいだ。チリひとつとどめない。そんな状態が何時間か続く。いつのまにか部屋の隅などにゴミがたまる。清浄な部屋でもこんな有様だから、掃除が行き届かない部屋のゴミは大したものだ。ゴミと暮らしている、と言ってもいいだろう。

靖国神社近くのアパートでもゴミはあった。シャレた家でもゴミはあった。ゴミは人間の生活についてまわる。人間が文化的な生活をはじめたとき、ゴミは生まれたに違いない。どこにもあるゴミ、古なじみのゴミ。ゴミを問題にするのはおかしいかもしれない。しかし私には、ちゃんとわけがあるのだ。つまり、コレダと思ったことと関連しているのだ。コレダ！と思ったとき、ゴミがあったのだ。そのあり方が私にとって極めて特徴的だった。四畳半の、ほぼ真ん中あたりに、転がっていたのだ。転がるというのは、おかしいかもしれない。しかし、それを見た私は、転がっていたと言うよりほかないのだ。ひろ子が掃除した四畳半は、きれいだった。ゴミひとつなかった。私がそのゴミに気づいた時刻と、ひろ子が掃除した時刻のあいだは、二時間ばかりだった。二時間でゴミが作製されるだろうか。ひろ子が掃除しているとき、うまい具合に箒から逃れたのだ。しかし奇怪なことに、ひろ子が勤め先へ出かけるときはなかった。

「行ってまいります」

ひろ子は、私に声をかけるのが決まりだ。午前は、私の時間だ。自分の自由になる時間だ。一分でも無駄にできないのだ。だから、ひろ子が三畳の方で身仕度しているとき、私は机に向かっていたのだ。

その三畳にはフジ子がいたのであった。フジ子のことを説明しよう。ゴミから離れて。

ゴミと全然かかわりがないわけでもないのだ。フジ子が私ども夫婦の生活に入ってきたのは、靖国神社近くのアパートから繁華街の裏通りのアパートに移ってからだ。

フジ子の名は、私がひろ子と結婚する前から知っていた。ひろ子は結婚するつもりはなかったのだ。独身で通すことにしていたひろ子は、姉の子供の一人を養女にした。それがフジ子だ。養女にしたといっても口約束だけで、フジ子は東北の、日本海に面した小さな町の父母（ひろ子にとっては義兄と姉）のもとで過ごした。ひろ子は東京で働いていたが、年に一回くらい休暇を取り、フジ子に会いに行った。三日か四日滞在して東京に戻る。一年のあいだにフジ子と暮らすのは三、四日だが、東京から人形、絵本、文房具などを送った。叔母と姪の間柄だが、親子らしい感情が湧いていた。そこへ私が出現したというわけだ。

ひろ子は東京の女学校を卒業すると、すぐ勤めた。早くから経済的に独立したのだ。五年ばかり働き、健康を損ねた。彼女は転地療養した。彼女の泊まった宿に私がいたのだ。泊まり客は少なかった。十一月は、たいていの宿は空いていた。現在のようにどこへ行っても人で溢れているという時代ではない。のんびりしたところがあったのだ。

雨風の日など淋しくて怖いくらいだった。広い湯槽につかって、窓の外の雨脚を見ていたら、ひろ子が入ってきた。湯気と薄暗い明かりで、同じ宿に泊まっている女であることがわかった。私は、彼女が湯を浴びる音を聞いた。やがて、風がひどくなった。電灯が消えた。私は不気味になった。息が詰まりそうだった私は、彼女に声をかけた。それから彼女は、私の部屋に遊びに来るようになった。私も彼女の部屋に遊びに行った。群馬県の、山のなかのその温泉宿を引き上げ、東京へ戻ってからも交際は続いた。結婚の話が出てから、ひろ子は姉に相談した。フジ子のことがあるから意見を求めたのだ。姉は、口約束だけだし、女は結婚するのが当然だから、と結婚をすすめた。結婚話が具体化してから、ひろ子はフジ子に会いがてら、東北のその町に行ったことがあった。

私とひろ子の結婚生活は険しい世相を背景にはじまったのだ。満州事変は前年に起きていた。次いで日支事変だ。

私は戦場に行くかもしれないし、軍需工場に徴用されるかもしれなかった。フジ子を引き取ったら、という話が持ち上がったのは、靖国神社近くのアパートに移ってからだった。私のわがままは子供がないせいと、ひろ子にも、ひろ子の姉にも映ったようだ。子供があったら、嘱託でなく、ちゃんと勤め、月給を稼ぐと思ったのだ。私も子供が欲しい。しかし、ひろ子のようには切実でなかった。私の頭から戦争が離れないのだ。戦死する場合を考えたら、子供は必要だ。しかし、父親のない子は可哀想だという考えも成り立つ。そんなことを考えるのは切実でないからだろうが、ひろ子は責任を感じたらしい。子供をもらったら妊娠するそうだから、それを考えたのかもしれない。

農業団体に勤めてから、ひろ子は、「あなたに御迷惑はかけないから」と言った。私が男と女の頭の出来が違うと思ったのは、そのときだ。私の考えは飛躍しすぎるかもしれない。男と女の相違でなく、私とひろ子の相違にしておこう。

私は渋った。しかし、ものを書くという仕事に私は自信がないから、それを持ち出すことはできなかった。八畳ひと間じゃフジ子が可哀想だ、もっと広いところへ移ったら考えよう。私は問題を引き延ばした。ひろ子は私の言葉に従った。

軍需工場の寮にならなかったら、引っ越さなかったのだ。その時分、貸し家、貸し間は払底していた。引っ越しの期限を一ヵ月過ぎて、繁華街の裏通りに、やっとアパートを見つけた。それは偶然だった。四畳半と三畳。高いなどと言っていられなかった。部屋が明るくないことも気になったが——引っ越しの期限はとうに過ぎていたし、一度見ただけで決めたのであった。

貸し家、貸し間は少なかった。入手困難だった。しかし金を出せば、広い家、明るい、太陽の光が射す贅沢なアパートは手に入ったのだ。

私が探す程度のアパート、貸し間は入手が困難だったのだ。

四畳半と三畳に移ったとき、フジ子のことは私の頭から消えていた。

「あなたは四畳半で書きものするでしょう。三畳にフジ子を置きましょう。ね、いいでしょう」というわけだ。私はドキッとした。私がひろ子と結婚した翌年、あのシャレた家を戸閉まりして、東北の、その小さな町に行ったことがあった。短い滞在だったが、ひろ子とフジ子の気持の交流は、充分呑みこめた。傍目にも美しかった。私はそれを思い出した。

「三畳じゃ気の毒だよ。一軒の家に移ったとき、フジ子にその気があるなら、来てもらおうじゃないか」

「それはいつのことだか、わからないわ。フジ子は来年春から女学校にあがるのよ。だから、呼ぶなら、いまがちょうどいいのよ」

「ここから女学校に通うのか」

「そうよ。入学の準備があるから、いま呼ばなくちゃ、間に合わないわ」

「しかし試験があるだろ。通るかね」

「通る女学校を探すわ」

「フジ子に話したのか」

「そうよ」

私はダマされた気がし、腹が立った。

「なぜ、オレに相談しなかったんだ。フジ子が来ても、オレはいまの生活状態を変えないぞ」

私は喚いた。

「そりゃあ、そうですわ。あなたはいまのままでいいのよ。あなた、好きなことしていいのよ。あなたに迷惑かけないわ」

偏窟な私もひろ子に負けた。そういうわけで、三畳はフジ子の勉強部屋になった。月謝、学用品、小遣い——私の身のまわりを切りつめた。煙草はもとからのまなかったが、酒はやめた。着物は着たきり。靴のカカトは磨り減ったが、修繕費が惜しかった。

フジ子が女学校に、ひろ子が勤めに出たあと、机に向かい、好きなことを書く。書きたいことを書く。それだけが生き甲斐だ。ハイヤーでヤマナカ湖に行ったり、三浦半島へ行った面影はない。そんな生活をしたことが過去にあったとは、人に話しても信じないだろう。慎ましい、坊さんみたいな生活だった。

書いたものを発表することは考えなかった。発表したくても雑誌の数は少なかったし、時局向きのものでないと発表は不可能だった。大家なら時局向きでないものでも通用したろうが、無名の新人には許されなかった。時局向きなものを書いても、発表できるとは限らなかった。だから、はじめから発表は考えない方がよかった。自分がほんとうに書きたいことが時局向きだったら、それもよい。書きたいことと、時局向きが自然に一致したらよいが。自分の本心を忠実に、原稿紙に写したかったのだ。私はもう時間がない、と焦ることもあった。そうかと思うと、当分は大丈夫と、のんびり構えることもあった。

昼近くなると、一人でありあわせのもので飯を食う。それから身仕度して、私が嘱託をやっている出版社に行く。企画の相談をすることもあり、執筆者に依頼に行くこともあった。その出版社の執筆陣は、医者、教師、役人が多かった。文学書は出していない。ときには割り付け、校正などの仕事をもらってくることもあった。行かない日は、四畳半でやるのだ。つまり、原稿紙の代わりに、午後はゲラ刷りなどが机の上に置かれるというわけだ。

フジ子は勉強家だった。いい子供だった。ひろ子に似て、きれい好きだった。日曜など、ハタキや箒を使い、ひろ子と一緒に掃除した、冗談など言いながら。知らない人が見たら、ほんとうの親子と思うだろう。

窓は、四畳半と三畳についている。四畳半の方は、塀に向かっていた。三畳の方は廊下だ。明かり取りのため両方とも大きかった。

縁側も床の間もない。炊事場はあるが、人間一人やっと入れるほどで――息苦しくて、長くいられなかった。

掃除のあいだ廊下に出ているのだ。毎朝そうだ。日曜は、時間が遅いだけだ。それとフジ子が手伝ってくれることだ。週日はフジ子は忙しい。だからフジ子が出かけたあと、ひろ子が掃除をした。

廊下に立っている私は、なんとなく幸福な気持になる。入り口に掃き出したゴミを始末するため、フジ子は廊下用の箒と、蓋つきの大きなチリ取りを取りに行く。それは向こうの廊下の隅のゴミ箱に立てかけてあった。そんなフジ子を見ると、もう長いあいだアパートで生活しているような感じだ。そんなある日、ゴミをすくいながら、「出るにゃあ」と国言葉で言ったことがあった。たくさんゴミが出るという意味だ。

「ほんとうに毎朝掃除するのにねえ」

私も驚くのだ、驚かないわけにゆかないのだ。ほんとにどこから出るのか。鼠色の、こんもりしたゴミの山。白い紙きれや、御飯粒など混じっていることがある。赤い糸クズや布地のキレッパシもある。

三

米機の空襲がはじまらなかったら、親子三人、平穏な生活を楽しんだろう。私ははじめ、フジ子を引き取ることに対して気がすすまなかった。それを忘れたわけではない。だが、引き取ってからは予期しなかった幸福があった。しかし、そのために戦争を忘れたわけではない。

太平洋戦争がはじまったのは、フジ子が東京にやってきた年だった。防火演習がはじまったのは、それから一年ばかりしてからではなかろうか。

バケツや火ばたきなど持って、アパートの前の空き地に集まるのだ。班長は管理人だった。バケツリレーなどの訓練をやった。バケツのなかには水が入っていた。米機の空襲があった場合、火事が起きるかもしれない。それをバケツの水で消す練習をやるのだ。

その演習は月に二、三回あった。ひろ子が不在のときは私が演習に出たが、米機が来るにしても遠い先だ、と思った。戦局が重大化してゆくのは知っていた。しかし、なんとなく痛切でなかった。その矛盾した感じはフジ子のため生じたらしい。

フジ子は無口な方だが、ひょっこり面白いことを言って、笑わせた。四畳半と三畳に春風みたいなものが漂うようになったのは、フジ子のせいだった。

だから米機が来襲し、警報が不気味に鳴りわたったとき、真剣に疎開を考えねばならないと思ったのだ。

フジ子が通っている女学校で、生徒に疎開をすすめていた。フジ子のクラスにも疎開した人がいたそうだ。食い物も着る物も不自由になってきた。

フジ子の故郷である東北の日本海に面した町は、食い物が豊富だった。軍事施設はないそうだから、米機の目標になることもないだろう。

私は醒めた思いだった。ひろ子と彼女の姉とのあいだに何度か手紙のやりとりがあって、フジ子は生家へ疎開することになった。戦争が終わるまでの辛抱だ。

私はそうフジ子に言ったが、再び会えないかもしれない気持が一方にあった。自分の娘のような気持になることがあったから、手放すのが淋しくもあり、惜しくもあった。

しかし、感情に甘えていられる時局ではなかった。フジ子は一人、旅立ったのであった。

その日、私とひろ子は、上野駅まで送っていった。お母さんもなるべく早くおいでよ、という意味のことを、フジ子は汽車の窓から、ひろ子に言った。フジ子はうれしそうな顔をしていた。しっかりしているとはいえ、女学校二年生だ。実家に戻れる喜びは隠しきれないのだ。

私はそのフジ子を見て、二十年ばかり前、一人で東京にやってきた自分を浮かべたのであった。私の郷里は、九州の八代海に面した小さな町だ。父母は死んだから、実家はない。フジ子をもらってから、私は死んだ父母のことをよく思うようになった。父だったら、こんな場合どうするだろう、フジ子に対し、どんな態度をとるだろう、と思ってみることがあったのだ。

フジ子が去って、私とひろ子だけの生活に戻った。

そのアパートからも、出征する人や徴用される人があった。何号室の、だれそれさんが出征されます、×日×時×分、万歳を三唱してお送りしたいと思います、アパートの前にお集まりください――そんな紙が入り口の掲示板に貼られたのも二度や三度ではなかった。はじめの方で書いた、昭和十八年〇月〇日、ゴミを見て、コレダ！　と思ったことを、いよいよ説明する運びになった――やっと段取りがついた、というわけだ。

フジ子が去ってから三月ばかり経った。二人きりになった当座は妙に寒々としていた。顔をつき合わせるのが辛かった。私はフジ子を忘れるためにも、せっせと書いた。空想で書いたものもあれば、自分の経験をもとに書いたものもあった。思いつくまま、手あたり次第に書いてきたのであった。十枚二十枚のものもあれば百枚のものもあった。

午前中書いた。それはフジ子がいるときもいなくなってからも変わらなかった。六時から八時ころまで、アパートはざわざわする。九時になると、ひっそりとなる。訪ねてくる人は滅多にない。コトコト廊下に足音がすると、赤ガミを持ってきた人ではなかろうかと、ハッとすることがある。区役所の人や町会の人が持ってくるそうだ。夢中で書いていて、突然足音が耳に入る――そんなときだ、いよいよ来たんじゃないかと思うのは。私は父母のことを書いていた。思い出を辿ってゆくうち、当然、兄や妹のことも書くようになった。兄も妹も死んだのだ。私がそれを書きはじめたのは五日ばかり前だった。

ひろ子がいつものように勤めに出てから、私は机に向かい、続きを書き出した。三十分経ったか一時間経ったか、わからない。私は時間の観念を失った。そんなことが、ときどきあるのだ。夢中で書いていた私は、ペンを置いた。なぜペンを置いたかわからない。疲れたからか、思索が途切れたからか、それは忘れたが、机から眼を離し、何気なく畳に視線を移したとき、ゴミが飛びこんできたのだ。ゴミはじっとしていた。四畳半の真ん中あたりで動かない。しかし、飛びこんできたような気がしたのだ。

私は眼をパチパチやったのを覚えている。ひろ子がきれいに掃除したのだ。掃除してから二時間ばかりにしかならないのだ。

私は三畳の方へ眼をやった。フジ子がいたときは机や本箱などで足の踏み場もなかったが、いまはがらんとした感じだ。

四畳半と三畳には、そのゴミのほかにはチリひとつない。小指の先ほどの鼠色のそのゴミは、生まれたような気がした。見つめていると、生きているように感じられた。不思議なことが起きた。そのゴミを起点として、一条の光が闇のなかを走った。私は闇のなかに、いつのまにか、いた。一条の光は私の過去であり、現在だ。それは父母であり、兄妹であり、私の出身校であり、勤め先だった。結婚でもあった。要するに私の生涯だった。生涯を一条の光が貫いたのだ。それは太くもあれば細くもあった。私はワナワナ震えた。身動きができなかった。コレダ！　と思ったのだ。それまでも自分のことを書いたが、自信はなかった。そのとき必然性が生まれたのであった。

少し時間が経ってから、これはうっかり人に言えないぞ、と思った。誤解を恐れたのではない。喋ったら光が褪せる気がしたのだ。ひろ子にも黙っていようと思った。ひろ子はいまの生活が満足でないかもしれないが、不平は言わない。あきらめているのかもしれないが、元気で勤めに通っている。説明してもわかってくれるかどうか。私もこれ以上の説明はできないのだ。雲を摑むような話、と思うかもしれない。

私にとっては感動の瞬間だった。ゴミを見つめていると、自然と微笑が浮かんだ。私は、ゴミをそっとつまんだ。ごく普通のゴミだった。

しかし、私の心のなかに起きたことは消えなかった。日が経つにつれ、ずっしりと重さを増した。

それから五日して、飛行機工場に徴用された。その工場は、電車で一時間ばかりのところにあった。ペンの代わりにスパナやドライバーを握った。私の工員服は石油のにおいが染みた。私は機械組み立て工だ。原稿は書けなくなった。机にも向かえなくなった。しかし、胸のなかのずっしりしたものは、ますます根を張ったのであった。

明治四十二年夏

阿部　昭

■あべ・あきら　一九三四〜八九
広島県生まれ。主な作品『人生の一日』『単純な生活』
初　出　『群像』一九七一年一月号
初収録　『司令の休暇』（新潮社、一九七一年）
底　本　『司令の休暇』（中公文庫、一九七六年）

明治四十二年の夏、東京の四人の中学生がめいめい十円ずつ持ち寄って、群馬県下に入り、妙義山から浅間山、榛名山へと旅行する計画を立てた。その一人は僕の父阿部信夫《しのぶ》であり、三人の学友は、井上庚二郎、沢本兼治、川目保美という同級の三君である。以下、父の訃報に接してその時の一人である川目氏が僕らに寄せられた悔み文から一部を写させていただく。

（前略）確か明治四十二年の夏休みと考へますが、御先考と、井上庚二郎、沢本兼治、川目の四人にて、栃木県の佐野町（今の佐野市）から妙義山、浅間山、榛名山へ各自、拾円（当時の拾円は大変なもの中学の月謝が弐円五拾銭位でしたから）で旅行し、兎角雑費に不足するので碓氷《ウスヒ》峠にある十六のトンネルの中、十トンネルを徒歩で通り抜けるといふ今考へると恐ろしいことをやり、浅間山は投身自殺者があつたので軽井沢で学生を捕へるとオドカサレ、巡査駐在所の前を夜中に通るなど苦心を重ねて、最後に榛名山へ登つた途中、川目が銭入を落したために、伊香保の宿屋で第一日七拾五銭で豪勢に泊つたのを、三人分の所持金合計では不足必定と急遽二十三銭の商人宿へ引移り、翌日は前橋迄飲まず食はずで歩いたのに前橋上野間の乗車賃四人分で参拾銭不足、不已得責任上、川目が前橋駅長に事情を訴へて「三十銭まけてくれぬか」と図々しい交渉をしました。結局、五十銭貸して貰ひヤット汽車には乗りましたが、熊谷、大宮で他人が弁当買つても吾々買ふことできず、上野駅に近づく。沢本君が上野から銘々の家に帰る電車賃（一人七銭）がないから何うすると言だすので、智慧を絞り、当時駅構内の人力車は到著払ひなのを思ひ出し、一番近距離である川目宅迄、四台の人力車を列べて帰着、早速母親に車代を払はせ、夕食を供し、御先考と井上、沢本三君に電車賃を渡し解散した……珍談を今追想して、その昔の楽しく、又苦心し、血路を開いた思ひでを新たにいたしました。（後略）

六十数年前の父たち東京の中学生の珍道中の、以上がその概略であるらしい。たぶん汗くさい坊主頭に麦藁帽子、垢じみた小倉服に巻脚絆の父たちの風体は、軽井沢の巡査の眼からでなくとも、すこぶる怪しげなものであったに相違ない……。愛知県岡崎の厳格な藩士の家庭に成長した父は、小学校修了後上京して、国士杉浦重剛の主宰する日本中学（旧東京英語学校）に入った。学舎は半蔵門前にあり、父は四谷左門町の「お岩稲荷社」の脇に下宿していた。放課後、父たちは青山練兵場（いまの明治神宮外苑）で「ベースボール」を楽しみ、そのあと青山の沢本君宅で焼芋と塩せんべいに舌鼓を打つのが常であった。

翌年、明治四十三年、四人の級友はそれぞれ自己の途を目ざして学窓を離れた。井上君は東大を出て外務省に入り、華やかな外交官の道を歩いてハンガリー、ユーゴスラヴィア駐劄の特命全権公使になる。榛名山で財布を失くした川目君は実業家となり、沢本君は青山学院英文科に学び、一時マレー半島に渡るが、後半生は英語教諭として静岡中学に奉職する。そして父は唯一人江田島の海軍兵学校に入り、太平洋戦争後二十二年経って病死するまで、長い海軍軍人の道を歩きはじめる。

「江田島の第一日」と題した短い思い出の文章の中で、晩年父はこんなことを書いている。

吾々は日本中東西南北から馳せ参じた者であつて、それぞれ郷土の方言を丸出しにして、お互に言葉も通じぬ始末なのに、入校の日から、お互同志の間で「君」「僕」などと云ふ「シャバ気」のある言葉は禁制だ、今日只今から「俺」「貴様」と言へ、そして上級生に対しては「私」、「あなた」と言へと伍長から厳達されたのである。これは慣れる迄は仲々容易な事ではなく、当分は「君」とか「僕」とかうつかり発言して、慌てて訂正することが度々あつた。然し間もなくするとこの言葉にも慣れると同時に、この言葉の持つよさに徹する様になつた。……

それゆえ僕がいつまでも君呼ばわりするのは亡父の趣旨に反することであるが、右の四人の中で一番出世をしたのは、当時から秀才の誉れが高かった従三位勲一等の外交官の井上君かもしれない。父は海軍では必ずしも志を得られず、敗戦時に同期の級友の大半が将官位に達した中で、依然として大佐だった。そのこととも きっと関係があるのだろうが、父は晩年に至っても海軍の話や戦争の話はあまりしなかった。僕ら身内の者が聞かされた話は、南洋は暑かったとか、こんな変った果物を食ったとかいう話、四国沖で機雷を爆発させて巨大な鯛を獲って食べたという話、それから艦内では冬のあいだ毎晩従兵《ボーイ》に一とかかえもある大きな湯タンポをベッドに入れさせるので、まことにぬくぬくと寝られ、それが二十四時間冷めることがないので朝はその湯で顔も洗ったとかいうおよそたるんだ話ばかりだった。その代り、半生に亙る海軍生活を一気に飛び越してむしろ中学時代のことをしきりに思い出すようだった。右の無銭旅行のことも断片的には直接父の口から何度か聞いたことがあった。それはたぶん父にとっては念願叶って上京した中学時代の自由奔放な生活が振返って最も楽しかったからであり、その後の海軍のことはただ良かったと言って済ますにはあまりに自分の境涯も時代そのものも波瀾に充ちていたからだったかも知れない。

大抵の老人の例に洩れず、年を取ってからの父の思い出話は、しだいに話題も狭く反復もくどくなって、食膳にたまたま鯛がのぼれば右の機雷で浮き上った大鯛の話、井上、川目、沢本の三君の消息となると決ってあの夏の碓氷トンネルの話というふうに、毎度同じことばかり喋って僕らを悩ましたものだ。まるで長い一生の間に、印象に残っているのは碓氷トンネルを歩いてくぐり抜けたことと、機雷で鯛を捕獲したこと、以上二件に尽きるとでもいうように、だ。しかし、それほどくどくどと聞かされたわりには、父の談話には具体的な事実のイメージが欠け、ただもうあの時は愉快だった、腹が減って弱ったの一点張りだったのにひきかえ、川目君は財布を失くした責任者だからか、実にことこまかに金銭上の細目を記憶しておられる。それはまた実業家だった川目氏が軍人だった父ほど簡単には耄碌されてはいなかった証拠でもあるだろう。

それにしても、老来眼も手も不自由で葉書一枚書くにも難渋されるに相違ない川目氏が、一夜級友の未亡人と子息のために六十年前の旅の思い出を長文に綴って与えられた。筆蹟も不揃いで心細げなその文面を母から見せられて、僕は何というこまやかなお悔みだろうと感じ入り、晩年の父が中学時代の昔ばかりを懐かしがっていたのもむべなるかなと思った。じっさい、その一文は他のどんな麗々しい弔文にもまして老母をよろこばせ、僕らを慰めてくれたものだ。何となれば、通常型通りに遺族の愁傷を察する体の悔み文が、かえって僕らの悲歎や悔恨を深めることもあるのに、川目氏の珍談の行間にほの見える父は、そこに明治四十二年夏の上州の日ざしに焼きつけられたように、永久に自然のふところに安らいでいる姿で見えたからである。

さて、三人の級友と別れ別れになって父一人が志願して入った帝国海軍が、その後いかなる運命をたどり、軍人という種族がどうなったかは、いまさら言うまでもないことだ。このさい輿論にくみして、むしろ御同慶に堪えないとでも言って置こうか。「戦後」はまず下宿人という形で僕らの家に侵入してきた。売り食いのタネもそろそろ底を突いてきたので、仲間の軍人連中も皆そうしているという素人下宿を母が見よう見真似で始めた。最初に入った記念すべき人物は、東大出で内閣人事院に勤めている伊藤という独身の小柄な青年だった。彼は役人というよりは大人しい教員風の風采で、強度の近視だったが、小さな本箱に大事そうに並べているのはマルクス、エンゲルスといった類の文庫本ばかりだった。手はじめに彼に女中部屋を貸したのである。だがこれも、父が母にもっといい部屋を提供してやれと言うのに、相手が自分のような公務員の薄給では三畳ぐらいが相応だと言って尻込みするので先方の希望通りにしたまでのことだった。父は部屋代のことは度外視して好意で言ったので、「けちくさい奴だ……。」と苦笑していた。それでも父は日曜日などに伊藤青年が話し込みに来れば、こころよく相手になっていた。ところが御多分に洩れず、彼も公務員でありながら父の所謂「アカ」の思想にかぶれている若者の一人だったから、話題が一旦茶飲み話の埒を越えれば、意見が合うはずもなかった。一度僕は父が茶の間の支那火鉢を挟んで伊藤青年に痛烈な批判を浴びせかけられているのを目撃したことがある。おりから「冷戦」という活字が新聞紙上で目につき出した当時で、米ソのいずれの態度がよろしいかよろしくないか、というようなタワイのない議論の末だったようだ。父がのっけから「露助は……」などと言うものだから、ソ連一辺倒の伊藤青年をいたく刺戟したのだ。興奮した相手の口から、東北訛の「米帝国主義！」「日本軍国主義！」といったコトバがいくつも飛び出してきて、父は辟易したような面持で、手だけは火鉢にかざしながら、黙って横を向いていた。いくら戦争犯罪人呼ばわりされようと、相手はとにかく大事な下宿人であり、父はその僅かな下宿代によってあやうく糊口をしのいでいる失業者なのだから、立場は苦しかったわけだ。子供心にも僕は、負けると決っている議論なんかよせばいいのに、と思いながら傍観していたが、父もこれには懲りたようだった。伊藤青年のほうも正義のかたまりのようになって息まいたあと、白けた顔つきで女中部屋へ引き揚げて行った。

その時の父の困惑しきった表情はいまでも思い出すことが出来る。父は、要するに、伊藤青年のけち臭さが厭だったのだろう。「朝は三百六十五日、納豆と生卵さえつけて貰えれば小生には大御馳走です。」などと言って、母に「世話なしだわ。」と言わせた相手のしみったれた趣味嗜好の全般がやりきれなかったのだろう。それは物質的な貧しさとはまた別のものだ。まずい物でも旨そうに食う人間、そんな人間がどんな立派なことを口にしても信用するわけには行かぬ、という父の考え方にも一理あるわけだった。思想はともかく、体臭に対する肉体的な嫌悪はどうしようもないものだ。その後伊藤青年がどうしているか僕は知らないが、当時の質実節倹な暮しぶりからして、今頃は相当に手堅く官僚のコースを歩いているに相違ない。

しかし、この伊藤青年のけち臭い正義をその後の僕が見習わなかったかと言うと、そうとも言い切れない。中学生の時、「風にそよぐ葦」という映画が町の映画館にかかり、僕は学校で貰った割引き券でそれを見に行った。いま思えば、これも右の伊藤式のただもう軍人はいかに悪辣で、上官はいかに部下をいじめ抜いて、純真な若者たちを犬死させたかという安直明快な反戦思想の産物であったわけだが、年少の僕はともかくそのサディスティックにどぎつい軍隊生活の描写に刺戟され、異常に興奮させられて帰宅した。そして、母にいい映画だから見に行くようにとすすめた。母は数日後に一人で見てきたが、他ならぬ軍人の妻としての彼女の感想はまた息子とはニュアンスを異にしたであろう。楽しそうな顔をしていなかったことだけはたしかだ。母が見て来た晩、僕はまだ悪夢にうなされるような心持で、父に聞えよがしに、「お父さんも見に行くといいんだ……。」と憎々しげに口走っていた。どうだ、あれを見ておやじのような軍国主義者は少しは反省したらいいんだ、と言わんばかりに、だ。だが、この時も父は黙って僕と母との問答を聞いていた。陸軍と海軍とは違うなどという無駄な事も言わなかった。そんなもの見んだって分っているよ、と言うつもりだったのかも知れない。

その活動写真の思想の鼓吹者からすれば、僕はまさしくある種の思想に「目ざめ」かけていたということになるのだろう。と同時に、僕は「ついて行けなかった」のでもあるわけだ。この時の僕の態度は、ただ僕に不快なしこりを残しただけだった。自分の父親に堂々とまともに楯突く代りに、たかが一篇の活動写真の話題で反抗心をすり替えたやりかたなどは、さしずめけち臭い「戦後」式と言うべきだった。たぶん父は、わが子の反抗ぶり批判ぶりが「戦後」民主主義の屁のような正義の風潮を模倣していることに、内心一驚したに相違ない……。こういう形での反抗のエピソードならばいくらでも思い出すことが出来そうなのに、反面思い出したくない気持があるのも本当だ。なぜなら、その程度の泥ならば「戦後」の社会が息子の僕に代ってさんざん父になすりつけてくれたわけで、さすがに僕もそんなのは反抗でも批判でもなくて、ただの回避にすぎぬと気がつくからである。生身の人間に突き当たらずに本や映画を覗いて分ったつもりになれるような事柄はこの世の中に一つもないと……。

職業軍人の父親を持つ少年といえども、結局、思春期の反抗はその辺の家庭の子弟の場合と、大差なかったと言える。一つ屋根の下に暮らしながら、何ヵ月も口を利かぬ。顔すらつとめて合わさぬようにする。一と頃、僕は父と同じテーブルで飯を食うことへの生理的反撥から、自分一人だけ台所のきたならしいテーブルで野良猫然とまずい食事をしていた。それは何も父が家でぶらぶらしている敗戦軍人だからという訳ではなかったろう。ただ父は、もはや息子がいかに心ない仕打ちに出ようと、徹頭徹尾黙ってなすがままにさせていた。そして息子は息子で、こんな状態をいくらつづけたっておやじに勝てっこはないと思っていたまでのことだ。

いまでも情ないのは、僕が父を殴ってやろうとして遂に殴れないで終ったことだ。喧嘩の原因が何であったかはもう忘れた。茶の間のふだんの居場所に坐っている父に向かって、僕は、「何を、この野郎!」というような罵声を浴びせかけた。そして、相手が立って向かって来たら、殴り倒してやろうと身構えた。僕のほうはもう大学生だったし、父は六十を過ぎて足腰も弱っていた。息子の腕力の前には一とたまりもなかったろう。だがこの時の父はいささか知能的に振舞った。息子と対決するつもりでか、体を躱《かわ》そうとしてか、咄嗟に言った――

「貴様は俺を殴ろうとしているな……?」

僕は二の句が継げずに、父を睨み返した。父はつづけて横にいる母をかえり見て、なんとかこの場を収拾してくれというように力なくつぶやいた。

「こいつは俺を殴ろうというつもりだ。見ろ、あんなふうに拳を固めておる……。」

「およしなさい、親に対して何です!」

母は勿論それぐらいのことは言った。

決闘の前に、当の相手にそんなふうに描写されては、やる気を失くすというものだ。僕は思わず固めていた拳をゆるめ、父を睨み据えるだけでその場を去った。そして、自分の勉強部屋に入り、椅子にぐったりもたれて、何という茶番だと思った。父は息子に打ち倒される前に、すでに十分に敗北していたと言うべきだろうか。ぶざまに横倒しになり、穴だらけの横腹を雨風に曝らしている菊の御紋章もはぎとられた廃艦……。こうして父との不和の最中でさえ、僕が父から学んだのは「敗戦」という一事に尽きるようだった。

しかし、その種のかんばしくないシーンを別にすれば、僕の記憶の中では、どういうものか父の姿は大風の日の戸外の景色や虚空に電線が鳴りわたる悲しげな音と結びついている。一つには、船頭稼業の父が吹きさらしの場所が好きだったからしいのと、晩年を過ごしたのが潮風が吹きつのる海辺の土地だったことと関係があるのかも知れない。そして、父の遅い子である僕には、父の元気な時分というのはとりもなおさず少年時代までということになる。僕は若い父を、少くとも若々しく見える父というものをこの眼では知らない。まだ元気だった父は、大風の日に僕を連れて着流しのままわざわざ海岸へ散歩に出たりした。海水浴場の入口にあたる川のふちには、関東大震災の慰霊碑が立っていた。方尖形のその大きな火山岩には、震災の日まっさきにこの海岸線を襲ったと言われる一と揺れで潰れた家屋のことや、下敷きになって死んだ犠牲者の名前が彫り込まれてあったように思う。父はふところ手したまま、しばらくその碑面の文字を読んだ。またもっと波打際に近い防風林の蔭には、溺死者諸精霊と刻まれた、小さな子供の背丈ぐらいの石塔が半ば砂に埋もれていた……。

ちょうどその砂山のあたりで最初砂煙のように見えたのが、水際に降りて行くと実は海水そのもののしぶきだということがあった。しぶきが波の到達している地点から更に数十メートルの幅で砂浜を席捲しているので、父と僕は波の縁に沿って歩きながらまるで水の中を進んでいるようなものだ。それがどんな微細な粒子のようなものでも、全身びしょ濡れになるのに五分とはかからない。だのに、父は防水した布なんていうものは軽蔑しているのかいつも着流しである。そうして、水煙の中でもタバコを吸っている。そんな場所では旨くもないだろうに、湿って脂《やに》だらけになった燃えさしをいつまでもくわえている。海のそばに住んでいると、海というやつが都会人種の夢想しているような抒情的な代物ではないことがよく分るわけだ。日没寸前のごく僅かな時間、海岸線が白く泡立った波頭の長い帯を異様に光りかがやく紫色に変えることがある。それはしばし眼を奪うほどの眺めだが、それだって綺麗なのは見かけ倒しにすぎないと言ったほうがいい。海水は実際にはいたるところに漲っていて、太陽が姿を消すと、今度は空の大部分を覆いつくしているように感じられる。大気が発汗したとでも言うほかはない不快な湿気——これがむしろ海の正体だと言えそうだ。療養によいと聞かされて転地して来た病人が、かえって悪化してへたばってしまうことがあるのももっともな話なのだ。あまり海の近くは人間の住む場所ではないのかも知れない。父たちが一般人の住む場所を「娑婆《シャバ》」と呼んでいたのも、おそらくそんな意味も含めてのことだった。

風の中に立っている父……。それで僕がもう一つ思い出すのは、温泉好きだった父が戦前短い休暇を利用して母と僕とを連れて伊豆修善寺に行った時のことだ。一と晩泊ってあくる日、大風の吹き荒れる中を、父は漱石の大患の詩碑を見たいと言い出して宿の下駄ばきでステッキを借りて出かけた。明治の中学生の時分から、父は人並みに漱石の忠実な読者だったのである。まだ春先だったか、それとも晩秋だったか、その日は晴れてはいたが薄ら寒いような一日だった。目ざす詩碑は寂しい山の中にあって、ずいぶん歩かなければならなかった。まだ五、六歳だった僕にはおそるべき強行軍で、行けども行けども深い林が風に唸っているばかりだった。母は何度も道ばたにうずくまってしまう僕を引っ立てるのにやっきになったが、その間にも父はずんずん先に立って行く。そうしてやっと詩碑に辿りついたが、こんなつまらぬものを見るためにどうして父が熱心になるのか分らなかった。木洩れ日が落ちかかる碑面には、勿論大人になってから知ったのだが、漱石の五言絶句がその自筆で彫ってあったわけだ――

仰臥人如唖
黙然見大空
大空雲不動
終日杳相同

忘れられたように草叢に蔽われて立っているその碑を、父は満足げに鑑賞しおわると、また杖を引いて宿へ帰った。

大学を出て月給を取るようになり、もう父と睨み合うこともなくなった頃、僕は岩波から復刊された昔懐しい朱色の布表紙の漱石全集を一冊ずつ父のために買ってやることを思いついた。永年の売り食い生活で、本好きだった父ももう蔵書らしい蔵書を持っていなかった。それに、大きな活字で組んである今度の版でならば、また昔のように漱石を読む気になるかもしれないと思ったからである。そこで、それが毎月配本になるたびに僕は父のところへ届けてやった。父はそれを自分の座右にきちんと並べていたが、数冊溜った頃、「もうお前のところに置いておけ。読みたい時は借りに行くから。」と言った。どうやら読み込んだ形跡はないようだった。僕はいささか失望したが、父は死ぬ二年前ぐらいで、もう重たい本を開けてみる気力がなかったのだろう。右の大患の詩も、そんなわけで父の所から戻ってきた一巻の中に探し当てたのである。

風の中に立ちつくして詩碑を仰ぎ見る父と、その足許にうずくまる子。いまや僕は思い出の中で父と子のそうした淋しい光景を愛するようになった。それは僕と父とのある日ある時の具体的な姿であるというより、何かもっと別な大いなるものの遠景であるような気がする。そして、それならばそれでいいのだと思う。僕は自分の記憶の細目には拘泥《こだわ》りたくない。やっとのことでこの世の不運や際限のない人事のいざこざから解き放たれた死者は、そんなふうに自然の中に還して眺めてやるのが何よりも彼の魂を慰めることになりそうだ。ましてや、まだ生きている人間どもには尚更のことだ、とそう思うようになった。

ところで、冒頭に述べた明治四十二年夏の父たちの無銭旅行の思い出は、六十年後の昭和四十二年の夏の一日、父の死によってまずその四分の一が永久に墓の中へ持ち去られた。と同時に、奇しくも父の死の直後に舞い込んだ一枚の葉書によって皮肉な結びの一行を書き加えられることになった。父が死んだ翌日、あるいはその翌々日に一通の絵葉書が父宛に届いているのを、僕らは葬式の準備に忙殺されてすっかり失念していた——それは、あの時の三人の級友の一人、井上君から届いた暑中見舞いの便りだった。しかも、その絵葉書というのが思い出の榛名高原のものであり、カラー写真に見えるのは六十年前の夏、少年の父が前途の希望にあふれる眼で打ち眺めたであろう「榛名湖にうつるさかさ富士」であった。そして通信欄にはボールペンの達筆な走り書きでこうしたためてあった——

再び榛名の山水を跋渉し
転《うた》た六十星霜の昔を偲ぶ
当時紅顔の三遊子
今日起居果して如何

発信地は軽井沢、功成り名遂げた元特命全権公使の井上氏は彼地に別荘があり、おそらく令息夫妻や令孫とともに一日足をのばして曽遊の地を歩かれたのであったろう。消印のスタンプをよく見ると、その葉書がちょうど父が病院で息を引き取った日に投函されたものであることも判った。ポストに入っているのを誰か手伝いの者が、何の気なしに取って来て、母に渡すのを忘れていたものに相違ない。いずれにしろ、それは遅すぎた友の声だった。この井上氏にしろ、川目氏にしろ、静岡の沢本氏にしろ、父の重態を知らせさえすれば、あるいは無理をしてでも駈けつけて来られたかも知れない。だが、僕らは心中で父に詫びながらも、その気転を諦めざるを得なかった。父の病名は癌であり、当人としても、いまさらあさましく痩せ衰えた姿を友の目にさらすのは忍びないだろうと考えたのである。

……「今日起居果して如何」――かく問われても、父はその前日から座敷に冷たい軀を横たえていて、もはや旧友の筆蹟にさらすべき両眼もしっかりとつむってしまっていた。

この井上氏も父の死から二年後に老衰で亡くなられ、その記事は新聞にも報ぜられた。また、あの長文の追想文を寄せられた川目氏も、同じ年に交通事故で不慮の死を遂げられた。そして、静岡在住の沢本氏は、父の死の半年後に肺癌で他界された。ちなみに、かつての日、青山練兵場で「ベースボール」を覚えた四人の少年の一人であるこの沢本君こそ、のちに静岡中学野球部を率いて、大正十四年甲子園で同校を優勝にみちびいた沢本兼治監督である。

神馬

竹西寛子

■たけにし・ひろこ　一九二九〜
広島県生まれ。主な作品『儀式』『春』『兵隊宿』
初出　『季刊藝術』第二十一号（一九七二年四月）
初収録　『鶴』（新潮社、一九七五年）
底本　『鶴』（中公文庫、一九八三年）

その廐舎《きゅうしゃ》は、潮風をまともに受けていた。

島の山裾に建っている、わずか一頭の馬のための小屋でしかなかったけれど、神社への参詣人は、この前を通らなければ、本殿に入ることも境内から出ることもできなかった。馬は、「神馬《じんめ》」であった。

潮が退くと、島の砂浜にはいくつもの水溜りが残る。大きな水溜りでは、逃げおくれた小さな魚が厚い砂の壁に頭を打ちつけたが、明るい、澄んだ水の中の魚は、時々目玉と骨だけになって直進するように見えた。淡紅色の腸《はらわた》ひとつで水を切るようにも見えた。

連絡船は、日に幾度も陸地とこの島の間を往き来する。砂浜では、よく烏の子が首をかしげていた。烏の声を不吉の前兆と聞く人もいるが、もしそうなら、この島は年中忌日になってしまう。神社の祭の日も、若者の婚礼の日も、島はその啼《な》き声で夜が明けた。

陸の少女がはじめてこの神馬を見かけた日、それは廐舎の中で、優しい大きな目を伏せるようにして、海に向かったままじっと佇《たたず》んでいた。雪の前の空合《そらあい》のような毛色で、すっきりした鼻梁《びりょう》の両側には血管が強く浮いてい、時折思い出したように、上下の唇を静かに擦《こす》り合わせていた。

鬣《たてがみ》を振るでもなく、床を蹴るでもなく、まばたきもあまりに間遠だったので、少女は、この馬は本当に目が見えるのかしらと疑ったほどである。

厩舎には、海の側にだけ粗い格子がはめられている。もっともその中央には、馬が楽に顔を出せるだけの隙間が拵《こしら》えてあり、前に、高さ一メートルあまりの石の台があって、神馬はそこで参詣人の与える餌《えさ》を食べる仕組みになっていたが、その軀《からだ》はいつでも人に見られていた。

最初の時、少女は、自分達のほかには誰もいない厩舎の前で、母親に、この馬は石鹸をつけて洗えばもっと白くなるのではないかとたずねた。母親は、なるかもしれないが、ならないかもしれない。生まれつきということもあるし……と言った。

少女は、練兵場で、茶色や黒の馬に混って鞭打たれながら砂埃《すなぼこり》をあげている白い馬でさえ、今見ているのよりはずっと白かったと思うのに、神社で飼われている馬がこれでは神様に対しても申し訳ないような気持だった。しかし、生まれつきかもしれないと言われてみて、はじめて自分の言ったことにどきりとした。

茶色の馬は何と呼ぶの?

少女はもじもじしながら、自分でも思いがけないことをたずねていた。

栗毛《くりげ》でしょうね。

母親はそう答えた。ただし、尻尾や鬣の色がちがうと、呼び方もまた変わるものらしいとつけ加えた。

黒い馬は？

青毛《あおげ》。

それならこの馬は白毛《しろげ》？

母親はしばらく考えていたが、

白毛とは言わないでしょう。やっぱり白馬《はくば》かしら……

と言葉を濁した。

二度目の時、厩舎の前にはちょっとした人だかりがしていた。少女が近寄って見ると、最初の時と同じように海に向かって大人しく佇んでいる神馬の前で、赤ら顔の中年の男が、和服の懐から大きな折り財布を取り出すところだった。

素焼の小皿に盛られた神馬の餌は、麦と人参の二種類であった。男はどちらも買った。そして髪に花飾をつけた幼女に人参の皿を与え、両手で後ろから抱き上げると、石の台の窪みに餌を移させた。馬は、その窪みを鼻先と唇で拭《ぬぐ》うようにしながら人参を口に移したが、食べ終わるか終わらないうちに、突然大声に男が叫んだ。

お廻り！

あの優しい大きな目を、瞼《まぶた》がゆっくり覆った。しばらくそうなっていた。再び瞼が開くと、神馬は頸《くび》を上下に振ってから、枯草の敷き詰められている床を踏んで、左手に静かに廻りはじめた。少女は目を瞠《みは》った。厩舎はあまり広くはなく、馬がその中を一巡するのにさほどの時間もかからなかったけれど、少女にはずい分長い道程に感じられた。

格子の隙間に白い顔が戻った時、中年の男は、今度は男の児《こ》を抱き上げて麦を移させた。馬は形よく開いた耳をぴくぴくさせながら、頸を深く傾けて石の台に顔を寄せて来た。額から鼻梁にかけての毛が、風に吹き分けられた薄《すすき》の穂波のように、きれいに左右に分かれている。少女は、この馬も、時には風を突いて広い草原を駆けたいだろうにと思った。以前写真で見た、明け方の草原を勢いよく駆けて行く一群の馬の遠い影のような姿は、少女にはいつのまにかもう、写真と実景との区別がつかないものになっていた。

ようやく麦を食べ終わった頃、待ちかねたように男がまた叫んだ。神馬はいったん顔を起すと、鬣のもつれている頸をしっかり立てたまま、幾度か頭を左右に振った。それから目を伏せた。しかし、男がいま一度、前よりも大きな声で叫ぶと、もう頭は振らず、そのまま頸を落して、前と同じ方向に廻りはじめた。

幼女が新しい人参をせがみ、男の児が次の麦を求めた。よし、よし。いくらでも買ってやるぞ。赤ら顔の男は、皿の数に生き甲斐を感じているらしかった。子供の声の弾みに、父親の実感をかみしめているらしかった。

オマワリ！

男の声に、子供達の声が重なった。神馬は鬣を振りながら廻っては食べ、食べては廻った。少女は、白い馬を見ているはずであった。神馬を見ているはずであった。けれども目ざめたまま不思議な生きものの夢をみているようだというのが少女の実感であった。いつのまにか、少女は人だかりの外に押し出されていた。そうされていながらなお蹄《ひづめ》の音を聞き、人声を聞いた。神様のお乗りになる馬だから、人間の言葉がちゃんとわかるの。いまに目がまわってぶっ倒れるぞ。食べるだけじゃあ運動不足になるからな。もういやだという時は頭を振るのね、賢いわ、この馬。違うよ、怒鳴られて、音におどろいて廻るんだよ……

少女はそうしているうちに、どういうわけか、自分が非常に悲しい気分になっていることに気づいた。あのように厩舎を廻っている馬にも、廻らせている男にも自分を見るという分別は、無論まだついていない。それで少女は、ただそれだけが手だてでもあるかのように、人々の後ろにいて、拠《よ》りどころのさだかでない悲しみを悲しんだ。誠実に悲しんだ。

三度目の時、神馬は瞼を閉じたまま枯草の上に横たわっていた。前肢《まえあし》と後肢を行儀よく揃えて海の方に流している。時々身慄《みぶる》いして薄く瞼を開いたが、つづきの眠りに帰るようにじきに閉じた。大きな軀が無防備になると、小さな軀以上にあどけなく見えることがある。横たわっている馬は、参詣人の呼びかけにも、命令にも少しも反応を示さないので、廄舎の前の人だかりはすぐに崩れたが、一時《いっとき》するとまた新しい人が寄った。

少女は、この馬は今日は病気かもしれないと思った。そう思って見ると、気のせいか息づかいがせわしそうに見えた。しかし、よくながめているうちに、病気ではなくて、ちょっと休んでいるのかもしれないと思うようになった。神馬にもお休みがあっていい。そうでなければ目がまわってしまう。

更にまたその次に考えたのは、もしかするとあのようにして人に抗っているのかもしれないということだった。ただそれを少しも疑わないためには、この神馬の目が優し過ぎた。馬には、これまで一度も手を触れたことがないし、馬の後ろを通ってはいけないとお母さんにもよく注意されてきたけれど、あの目と同じようにわたしも優しければ、枯草の上に跪《ひざまず》いて頬を撫《な》でても、この馬は決して荒《すさ》びはしないだろうと思った。

新しい人だかりが崩れ、足音がばらばらと本殿の方へ遠ざかっていった。少女はこの時も一緒の母親に、もう少しここに居て、と言った。母親はうなずいた。石の台には、人参が載せられたままになっている。その縁《へり》に止まった鳥が、馬の方を見、母娘《おやこ》の方を見、していた。

不意に、前肢を引き寄せるようにして馬が起き上がった。尾で脇腹を打ち、前肢と後肢を片方ずつ交互に折り曲げたりしていたが、威勢よく身慄いすると、静かに石の台に近づいた。食欲をみせた。少女は人参を一皿求め、母親に背をつかまれたまま伸び上がるようにしてそれを石台に移した。

　わたしの餌を食べている。その通りであった。少女は、はじめてただの見物人ではなくなったことに満足した。窪みはすぐに空になった。すると神馬は、声もかけられないのに、予定の行動のようにあの見馴れた左廻りをはじめたのである。少女は、まるで自分が、お廻り！　と叫びでもしたような恐さにうろたえながら母親と顔を見合わせ、生きものの足どりを追った。

　蹄は規則正しく床を踏んだ。神馬は例のように一巡すると、ほとんど機械的に石の台に顔を寄せ、空の窪みをこれもほとんど機械的に舐めると、再びまた床を踏んで廻り続けるのだった。満足感は疾《と》うに消え去っていた。ただ悲しいというのでもなく、ただ恐いというのでもなかった。少女は、神馬と一緒に居たこれまでのどの時よりも不仕合せになっている自分に気づいた。けれどもそれが唯ひとときの不仕合せなどと言えるものではなくて、人の生きのびる限りつづく気重さであり、後ろめたさであろうと気づくのは、まだずっと後のことであった。

ポロポロ

田中小実昌

■たなか・こみまさ　一九二五〜二〇〇〇
東京都生まれ。主な作品『自動巻時計の一日』『ビッグ・ヘッド』
初　出　『海』一九七七年十二月号
初収録　『ポロポロ』（中央公論社、一九七九年）
底　本　『ポロポロ』（中公文庫、一九八二年）

石段をあがりきると、すぐにそこに、人が立っていて、ぼくは、おや、とおもった。石段はごろんとぶっとい御影石で、数も四十段ぐらいはあり、その下につづく段々畑のあいだの道をのぼってくるときも、前のほうに、人かげはなかったからだ。

冬のはじめのしらじらしい月夜で、なにひとつうごくものがないので、よけい、月の光をしらじらと感じたのかもしれない。

その人はソフトをかぶり、二重まわしを着ており、なにか足もとがおぼつかなかった。ぼくは、その人のよこをとおりすぎるとき、おさきに……といったふうに、かるく頭をさげるようにしたのをおぼえている。

ぼくは、未だに、ひとに挨拶などしたことはない。しかし、あのころは、大人《おとな》なみの挨拶の真似をするのが、おもしろかったのではないか。そのとき、ぼくはたしか中学四年生だった。

前庭をとおり、ぼくはちょっと考えて、玄関のガラス戸はあけたままにして、靴を脱いであがった。あとからすぐ、一木さんがくるんだから、とおもったのだ。

石段をあがったところにいた人は、一木さんのはずだった。ぼくの家は、山の中腹に、ひとつだけぽつんと高く建っていた。港町特有の家々の屋根と屋根が段々になってかさなりあった坂道の家なみをぬけると、あとは家もまばらで、やがて、畑のはしとの幅五十センチほどの一直線の細道になり、ぼくの家までは、ちいさな谷をこして、見とおしだった。このあたりまでくると、昼間、だれかがあるいていても、遠くから目につくほどで、夜、人といきあうことなどは、ほとんどない。

だから、石段の上にいた人は、うちにやってきた一木さんだ、とぼくはおもったのだ。そのころの大人《おとな》はみんなそうだが、一木さんもソフトをかぶり、冬になると、二重まわしを着ていた。

ぼくの家は玄関から左に廊下があった。ぼくは廊下をすすみ、そのつきあたりの部屋の戸をあけてはいった。

うちでもいちばんちいさな部屋で、じつは、ここは、もとは部屋ではなく、廊下につづいた板の間だった。しかし、そのころは、畳をいれて、たしか、ぼくの勉強部屋になっていた。

部屋には父と母と一木さんがいて、祈っていた。二歳下の妹もいたかもしれない。金曜日の祈禱会の夜だったのだ。

この夜、ストーブを燃していただろうか。福禄ストーブとかいうストーブで、戦艦の船橋《ブリッジ》のようなりっぱなかたちをしていたが、あまり効率はよくないようだった。瀬戸内海のこの軍港町では、ストーブなどある家庭は、ほんとにめずらしく、つまりは実用品ではなかったせいもあるだろう。

　この夜、ストーブを燃していたかどうか、はっきりしないのは、まだ冬のはじめで、いちばん寒いころではなく、また、そのとき、ぼくが中学の四年生だったとしたら、昭和十六年の暮れの冬で、もう中国大陸での戦争は長く、一般家庭では石炭を手にいれるのがむつかしかったのではないかとおもうからだ。

　しかし、乏しい石炭を金曜日の祈禱会の夜のためにとっておいて、ストーブのあるちいさな部屋に集ったということも考えられる。

　ぼくがその部屋にはいっていったとき、父と母と一木さんが祈っていたと言ったが、父が牧師だったうちの教会では、天にまします我等の神よ……みたいな祈りの言葉は言わない。

　みんな、言葉にはならないことを、さけんだり、つぶやいたりしてるのだ。それは、異《い》言《げん》というようなものだろう。使徒行伝の二章にも、異《い》言《げん》という訳語は見えないが、そういったことが書いてある。使徒たちが、自分がいったこともない遠い国の言語でかたりだしたというのだ。

　こんなふうに、記されたことでは、異言には、こういう意味があったというような場合が、それこそ記されてるが、実際には、異言は、口ばしってる本人にも他人にも、わけのわからないのがふつうではないか。うちの教会のひとは、異言という言葉さえもつかわなかった。ただ、ポロポロ、やってるのだ。

このぽろぽろは、いわば、一木さんの口ぐせ（？）だった。ポロポロのもとは、使徒パウロだろう。しかし、一木さんは、パウロ先生の霊に、いつもゆさぶられていたかもしれないけど、これは、やはり、祈りのとき、ぽろぽろ、と一木さんの口からこぼれでたものにちがいない。

イエスは、十字架にかけられる前の夜、ゲッセマネ（ルカ福音書ではオリブ山）というところで、切に祈った、と聖書には書いてある。だが、そのとき、イエスは日常はなしていたらしいアラム語で祈りの言葉をのべたのでもなく、またユダヤの祈禱用の言葉を口にしたのでもなくて、ただ、ポロポロやっていたのではないか。

ゲッセマネの園で、イエスが言葉で祈っていたなど、考えられない。だいたい、だれかが祈ってる言葉をきくと、ちょっぴり自己反省をし、そして、自らの徳行を誇り、あとは神にたいする要求ばかりだ。

ルカ福音書二十二章によると、その夜、オリブ山でイエスはこう祈ったという。「父よ、みこころならば、どうぞ、この杯をわたしから取りのけてください。しかし、わたしの思いでなく、みこころが成るようにしてください」

みこころならば……みこころが成るようにしてください、というのは、神への要求でもなければ、自分の願いでもない。ただ、神をさんびさせられているのだろう。言葉は、わたしの思いをのべることしかできない。イエスは、自分の思いをのべているのではないのだ。

オリブ山（ゲッセマネ）で、イエスはこう祈った、と聖書には記されているが、実際に、そのとき、イエスの口からでた音は、言葉ではなく、ただのポロポロだったのだろう。

ところが、世間では、いや、キリスト教の教会の人たちも、イエスは、それこそ世間の言葉で祈ったとおもいこんでるのが、おかしい。

一木さんはポロポロだが、さんびのあいだじゅう、ハ、ハ、ハ……とわらってるひともいた。また、おなじハ、ハ……でも、わらってるのではなく、泣いてるようなひともいた。

そんなふうに、みんなあつまって、ギャアギャアやってるわけだから、世間ではきちがいの集団だとおもったにちがいない。

まだ町なかの教会にいたころ、このポロポロ、ギャアギャアがはじまったときは、なにがおきたのか、と野次馬が教会の窓にいっぱいたかって、のぞきこもうとした。

そのあとで、山の中腹の木立のなかに、どこの派にも属さない、自分たちだけの教会をつくったのだが、教会でポロポロやるだけでなく、たとえば、父とぼくとが町の通りをあるいていて、むこうから、一木さんがあるいてきたりすると、道ばたで立ちどまり、ポロポロやりだす。停車場の雑踏のあいだで、教会の人どうしがあったときなどもそうで、子供のぼくは恥ずかしかった。これは、ポロポロを見せびらかし、つまりはデモンストレーションをしてるのではなく、からだがふるえ、涙がでて、もうどうにもとまらなく、ポロポロはじまってしまうのだろう。

しかし、ぼくは地元の中学の入試に落ちて、バプテストのミッション・スクールにはいったが、ここでの日曜学校や祈禱会でのお祈りも、きいてるだけで恥ずかしかった。

ともかく、そんなふうなので、世間の人があきれてるのはもちろん、ほかの教会の信者たちも、キリスト教の恥さらしとおもっていたにちがいない。

だいいち、うちのは教会とは言っても、山の中腹の木立のなかの日本家屋で、屋根にもどこにも、キリスト教会のシンボルみたいになっている十字架ひとつなく、あんなものは、キリスト教の教会のうちにははいらない、とほかの教会の信者たちはケイベツしていただろう。

十字架ひとつない教会のくせに、その教会の者が、通りで顔をあわせると、ジュウジカ、ジュウジカ、ジュウジカ十字架の血だ！　なんてわめきあっているのだから、胸に十字架のブローチをさげた敬虔なクリスチャンたちは、さぞいやだったのではないか。

廊下のつきあたりの部屋の戸をあけると、父と母と一木さんがいてポロポロやっていたのは、前にも言ったが、これはおかしなことだった。一木さんは、石段をあがったところでおいこし、ぼくは、あとからくる一木さんのために、玄関のガラス戸もあけたままにして、靴を脱いであがり、廊下をすすんできた。

その一木さんが廊下のつきあたりの部屋のなかでポロポロやってるのだ。

ぼくはかなりポカンとしたが、部屋の入口の近くに腰をおろした。ぼくにはポロポロはでない。そのころも、今でもおんなじだ。だいたい、ポロポロが言えるとか言えないとかいったものではあるまい。クリスチャンたちはおどろくだろうが、信仰というものにもカンケイないのではないか。信仰ももち得ない、と（悟るのではなく）ドカーンとぶちくだかれたとき、ポロポロははじまるのではないか。

ともかく、ぼくはポロポロはやらないから、ただすわっていた。ポロポロをしない者が、ポロポロのあいだにすわっていてもしようがない。しかし、うちの教会の人たちは、赤ん坊にもポロポロをやる。赤ん坊にポロポロがわかるわけがない。また、赤ん坊がポロポロを感ずるということもあるまい。ポロポロは、感じるものでも、わかる、わからないといったものでもないのだろう。

ぼくは、一木さんのポロポロをききながら、首をひねった。ここに一木さんはいるのだから、石段の上で、ぼくがそのよこをとおりすぎた、ソフトをかぶり、二重まわしを着た人は、一木さんではないことになる。あたりまえのことだ。

だが、やはり変だった。だいいち、一木さん以外に、もうこんな時間になって、ほかのひとが祈禱会にくるとはおもえないからだ。

金曜日の夜の祈禱会を、教会でやらず、ぼくの家のいちばんちいさな部屋で、うちの者のほかは、信者は一木さんひとりしかきていないというのが、その証拠みたいなものだった。

ぼくは時代という言葉はきらいだが、それは、やはり、時代のせいだろう。その祈禱会の夜が、ぼくが中学四年生の昭和十六年の暮れの初冬なら、もう、中国での戦争の泥沼状態にうんざりしていたころだった。もうどうにもならなくて、昭和十六年の十二月八日には、真珠湾攻撃をやっている。その夜は、十二月にはいっていて、太平洋戦争がはじまった十二月八日に近い夜だったかもしれない。

教会の信者のなかには召集されたり、徴用されたりして、遠くにいってる者もあったし、また、戦争のため、仕事がいそがしくて、教会どころではないという者もあっただろう。それに、世間は日本精神の声が高く、ヤソは、もともと、西洋種のアーメン・ソーメンだ。しかも、そのうちでも、きちがいヤソときている。

憲兵隊や特高から、実際にどれだけの圧迫があったかは、子供だったぼくにはわからないけど、そんな教会には、人々はいきにくかっただろう。

九州にも、うちとおなじ教会があり、父は、よく、九州に出かけていったが、そういうとき、下関までのあいだの列車のなかで、かならず、特高の刑事がやってきた。それは、まだ中国での戦争がはじまらない、ぼくがほんの子供のときからのことだ。戦争が長びくにつれ、ますますうるさくなったことはまちがいない。

そんなわけなので、金曜日の夜の祈禱会でも、三人か四人しか信者がこないのなら、木立のなかの日本家屋の教会堂までのぼっていかなくて、下のぼくたちの家の部屋で祈禱会をということになったのだろう。

その三人か四人の信者が、二人ぐらいになり、そのころは、一木さんひとりということがおおかったのではないか。

信者は一木さんひとりという金曜日の夜の祈禱会が、戦争がおわるまで、じつは、なん年もつづいたかもしれない。

それに、一木さんは、けっして体のつよい人ではなく、リューマチかなにかで、足が不自由で、その夜、石段の上にいた人の足もとがおぼつかなく見えたのも、ソフトや二重まわしといっしょに、その人が一木さんだ、とぼくがおもった理由かもしれない。

いやいや、理由なんてものではない。一木さん以外の人が、その夜、そんな時間、ぼくのうちの石段の上に立っているというのは、あり得ないことだった。

くりかえすが、夜のそんな時間、ぼくのうちにまちがえてやってくる人など、考えられないからだ。

これも、くりかえしになるけど、ぼくのうちのほうには、三城通りという道のつきあたりを左にまがってくる。ここからは、せまい坂道で、道の両側にはちいさな家がならび、その屋根が段々になってかさなっている。

その家なみがきれると、道が二叉にわかれ、ぼくのうちのほうへは、左ての急な坂をあがるのだが、この坂をのぼると、谷をへだてたむこうの南むきの山腹の、もう人家がとぎれてかなりむこうの、山頂へつづく段々畑のあいだに、ぼくのうちはあった。

山腹をたてに区切って屋根まで、ぼくのうち（教会の土地）は、はっきりわかった。今、言ったように、左右は瀬戸内海名物の段々畑で、しかし、教会の土地は、びっしり樹々のみどりがおおっていたためだ。

これは、あるいて二十分ほどの駅からも見えた。段々畑のほかは、やはり瀬戸内海名物の禿げ山のなかの、はっきり区切られたみどりだったからだ。うちの教会の土地になる前は、あるお金持の別荘だった山で、ぼくが中学の三年のころまでは、植木のめんどうを見る人が、一家ですんでいた。

だが、この祈禱会があった、中学四年の暮れの頃には、もう、植木を見る人の一家などはいなかったはずだ。そんなことをやってたら、さっそく、徴用工にとられただろうし、戦争の深まりかたははげしかった。

より道がながくなったが、急な坂をあがったところあたりから、人家は畑のあいだに、あちらにぽつん、こちらにぽつん、とたっているにすぎない。

そして、畑のはしの幅五十センチぐらいのほそい道をいき、ちいさな流れをおこし、これが下にいくほど扇型にひろがる谷の原流なのだが、こいつを、ひょいとまたいで、むこう側の山腹にとっつき、山腹をけずってつくった道をおれまがってあがり、段々畑のあいだの道にでる。この道の上に四十段ばかりの石段と門があるのだ。門は門柱だけで、この門をあけしめした時期は、いっぺんもなかったのではないか。

石段の下の段々畑は、右がよその畑、左がうちの畑で、右がわのよその畑では、赤大根をつくっていたのをおぼえている。

赤大根というのは、この地方だけのものかどうか知らないが、たとえば、東京の八百屋で見かけたことはない。中くらいの大きさのずんぐりした大根で、皮が赤いのだ。この軍港町の小学校や中学校には、たいてい、赤大根というあだ名の先生がいた。あから顔というよりも、むしろ、色のくろい先生に、赤大根がおおかったようだ。

しかし、ぼくのうちの畑では赤大根はつくらなかった。なぜつくらなかったのかは、わからない。

赤大根のかわりというわけではないが、うちの畑には夏ミカンの樹があった。堂々とした夏みかんの樹で、こんなに大きな夏ミカンの樹は、ほかでは見たことがない。夏ミカンの実も、この樹一本だけで、ミカン箱になん箱も、びっくりするほどたくさんとれた。夏ミカンの実がとれるのは、冬になってからだ。それなのに、どうして夏ミカンというのかふしぎだけど、冬のはじめのこの祈禱会の夜も、夏ミカンの大きないろい実が、いっぱい枝にぶらさがっていたかもしれない。

うちの段々畑のいちばん下は、よその墓場だった。地形の関係で、うちの段々畑は、下にいくほど長さがせばまり、いちばん下は四分の一ぐらいになっていた。

その下の、そのまたはんぶんぐらいの地所に、よその家の墓がたっていたのだが、ある日、たくさんの男たちがきて、その墓をうちのいちばん下の段々畑にうつした。

父は、もちろん抗議しただろうが、うやむやになったらしい。しかし、せまいところに、大ぜいの男たちがきて、半日ぐらいで墓をうつすというのは、子供のぼくの目にも、どさくさまぎれという感じがあった。

つまりは、大いそぎで既定の事実をつくってしまったのだろうが、作業がおわったときは、もう日が暮れており、墓をうつしかえた男たちがかえって、ほんのすこしたったとき、教会の庭の植木のめんどうを見てる一家の女房が、「奥さん！ 先生！」と、うちにかけこんできた。

人魂《ひとだま》を見たというのだ。人魂は、ふわふわ、墓のあたりからうきあがって、そのむこうの崖のほうにながれ、崖の下からちょっぴりのぞいてる屋根の上をうごいていったらしい。

この人魂は、墓を掘りかえして、うつしたためのものだろうってことになったが、もうひとつの説もあった。

人魂がその下をふわふわうごいていったという屋根の家の主人は結核で重態で、その夜のうち、人魂が屋根の上を這っていった数時間後に死んでるためだ。だから、死ぬ前に、からだからぬけだした魂が、あの人魂だという。

墓の進入は、当時の流行語で言うと電撃的だったが、山の屋根のほうなど、ほかの畑と接するところでは、あきれるほど気の長い、執拗な土地の侵蝕があったらしい。お百姓のオジさんが、一日中、地面にへばりつくようにして、目につかないように、それこそ、一日になんミリかの土地を、こちら側にくいこませてきたりするのだ。その根気と熱心さには、父もあきれた口ぶりだったが、こうして、ある日、気がつくと、となりの畑とのあいだのこちらの私道がなくなって、となりの畑になってしまっている。そして、そんな百姓のオジさんはわるい人でも、不正直者と言われるような人でもなく、勤勉な、ごくふつうの人なのだ。

また、より道がながくなった。ともかく、ぼくのうちはそんなところにあり、昼間でさえ、人が迷いこんできたりすることはない。

だが、げんに、ぼくが石段をあがったところに、その人は立っていた。そして、一木さんは、ぼくが廊下のつきあたりの部屋にはいっていくと、ポロポロやっていた。

だから、別人のわけだが、こんな山の上まで、ふうふう迷ってくる者はいないから、祈禱会にきた人だろう。そして、祈禱会にきたのなら、玄関からあがって、廊下をとおり、この部屋にくるはずだ。ぼくは、あの人が一木さんだとおもって、玄関のガラス戸をあけておいた。

だけど、ポロポロがつづき、聖書を読んだりし、またポロポロやって、だいぶたつけれども、だれもやってこない。

また、祈禱会でなく、なにかの用で、ぼくのうちにたずねてきた人ならば、（考えられないことだが）玄関で、今晩は、と言うはずだが、そんな声もきこえない。

やがて、ポロポロもしずまった。これも、しずまる、なんて言うのはおかしい。だが、まるで言葉ではないものに、言葉をくっつけるのだから、かんべんしてほしい。

ポロポロはしずまったが、また、それこそ火がついたように、ポロポロははじまるかもしれない。朝から晩まで、ポロポロやってることもある。それが、なん日もつづくことも、めずらしくあるまい。

こんなふうでは、会社にいても、こまるだろう。まちがっても、出世はしない。日本のキリスト教では、あまり御利益のことは言わない。しかし、信仰をもつことにより、精神の安らぎを得て、仕事の面でも確乎とした信念ができ、会社の重役とか、えらい教授とかになる人はいる。

だが、ポロポロでは、そうはいかない。精神の安らぎもけっこう、確乎たる信念もけっこうだが、そんなものは、ポロポロ、屁でもない。だから、まず、出世も、金もうけも、りっぱな地位もむりだ。

しかし、父は時間はきちんとしていた。時間にうるさい、というのとはちがう。自分で時間をまもり、日曜日の礼拝でも、祈禱会でも、時間がくると、信者がだれもいなくても、ポロポロはじめ、時間がくると、ポロポロおわった。はじめは、もう、みんなめんくらって、と母がはなしてたのをおぼえてる。

だから、山の中腹の木立のなかの日本家屋の教会では、礼拝の時間がきて、父はポロポロはじめており、時間におくれて、坂をのぼり、畑のわきの野道をやってくる人たちが、あるきながら、ポロポロやってるなんてことは、いつものことだった。

ポロポロはしずまり、祈禱会はおわり、母は前にだした片足の上にかけた座布団をとって、立ちあがった。

母は足がわるく、片足の膝がまがらなかったのだ。娘のとき、母は足に骨髄炎かなんかをおこして、手術をし、ところが、その手術のとき、バイキンがはいって、よけい足をわるくしたという。母は二度手術をし、一年以上入院して、片足の膝がまがらないびっこになってしまった。

だが、そのために、母は、足がわるくては、まともな家に嫁にもいけないだろうから、と、国もとを遠くはなれた福岡のミッション・スクールにやってもらえた。娘の学校教育などはいらないものとおもわれていた時代だが、この子は足がわるくて、かわいそうだから、せめて、学校にいきたいという願いはかなえてやりたい、と祖父は考えたのかもしれない。

しかし、母のわるい足の膝がまがらないのは、二度目の手術のあとで、痛いから、と膝をまげてあるく練習をしなかったために、骨がかたまってしまったのだというようなことを、母のほうの従姉からきいたおぼえがある。

母が、わざと、そんなことをやったとはおもえない。また、あるく練習は、つらくて、痛かっただろう。若い娘にとって、膝がまがらないままで、びっこになるというのは、たいへんなことだろうが、母には自分の肉体のことなどは、どうでもいいようなところがあった。また、たとえば、毎日の暮しを便利にするために、なにか工夫するということもなかった。父は、母のことを、生れてから、一度も釘を打ったこともないんじゃないかな、とわらっていた。そういう性質は、そっくり、ぼくに伝っていて、女房にわらわれている。すわるとき、前につきだしたわるい足の上に座布団をおくことを、いつ、どこで、母はおぼえたのだろう?

わるい足を前につきだしてるのは、自分でもみっともないが、ひとの目にも気持のいいものではなく、それで、座布団をのっけてカバーしたのだろうが、だれか、やはり足がわるいひとがそうしてるのを見て、母は真似をしたのか？

　はじめて真似をしたのは、母の片膝がまがらなくなった、まだうんと若い娘のときだったのか？　それとも、若い娘の母には、わるい足を座布団でかくすことさえも恥ずかしく、その真似ができるようになったのは、だいぶたってからのことだろうか？

　母は、大分県の日田から英彦山のほうにはいった山のなかの村で生れ、育った。父は明治十八年生れ、母は父より六歳上で、明治十二年の生れということだったが、そのころ、ここから、そのミッション・スクールがあった福岡にいくのには、まだ鉄道などはこのあたりはないので、どうやってか、別府か大分にでて、船にのり、国東《くにさき》半島をまわり、関門海峡をとおって、博多の港にきたらしい。途中、一度か二度、船をのりかえたということも、母ははなしていた。

　どうして、母が福岡のミッション・スクールに入学したいと祖父にせがんだのかは、母からきいたはずだが、忘れてしまった。おそらく、大分か別府の病院に母が入院しているとき、キリスト教の牧師か宣教師がほかの入院患者のところに見舞いにきたりして、そのはなしをきく機会があったのだろう。だが、九州の山の奥に、明治十二年に生れ、育った母には、そういう生いたちだからなおさら、文明開化というような気持があったのではないか。ぼくの母と文明開化と言えば、たいへんにおかしいが……。

　母は福岡女学院の高等科を卒業したあと、長崎の活水女学院、また、神戸女学院の女子のための神学部にはいったとも言っていた。みんな、メソジスト派のミッション・スクールだ。女性の医者はいても、女性の牧師など今でもマンガみたいなのに、そんな神学部のようなものがあったというのは、大びっくりだ。今だって、そんなものはない。

母は、福岡女学院で国文の先生をやっていたときもあるとはなしていたが、こまかなことは、おぼえていない。おぼえていないのは、もちろん、いいかげんにきいていたからだ。

母が父と結婚したときは、四十歳をすぎていたとおもわれる。それまでは、つまりは、あちこちの学校で先生をやったり、生徒にもどったりして、いろいろ勉強していたのだろう。母が勉強好きな女だったことは、たしかなようだ。

結婚当時は、父は北九州の若松のバプテスト教会の牧師だった。ここで、父は街頭で廃娼運動をやっていて、右翼にステッキで片目をつかれ、かなりの重傷で、一時は、両眼とも失明するかもしれない、と危ぶまれたそうだ。そのころの若松は、筑豊の石炭の積出港で、北九州でもとくに気っぷのあらいところだったのだろう。

だが、そのはなしを、父の口からは一度もきいたことはない。みんな、母がはなしてくれたことだ。

父は、過去のことは、ほとんどはなさなかった。過去はすてたといったふうでもなく、ただ、たんに興味がなかったのだろう。右翼にステッキで目をつかれ、それが、じつはずっと尾をひいて、晩年の父は目が不自由だったのだが、そんな事件は頭のなかになかったのではないか。

だいたい、ポロポロやってると、うしろはふりかえらないようだ。うちの教会では、ポロポロを受ける、と言う。しかし、受けるだけで、持っちゃいけない。いけないというより、ポロポロは持てないのだ。

持ったとたん、ポロポロは死に、ポロポロでなくなってしまう。あのとき、玄妙なありがたい御光をうけ、それを信仰のよりどころにし、一生だいじに……なんてことを、ふつう宗教では言う。

だが、ポロポロは宗教経験でさえない。経験は身につき、残るが、ポロポロはのこらない。だから、たえず、ポロポロを受けてなくてはいけない。受けっぱなしでいるはずのものだ。見当ちがいのたとえかともおもうが、これは、断崖から落ちて、落ちっぱなしでいるようなものかもしれない。

それに、また、ポロポロを、いつも、たえず受けいれる心構えができてるかどうかといったことでもない。

心構えの問題ならば、一定のそういう心構えに、つまりはセットしておけばいいかもしれない。だが、ポロポロは心構えではない。

たえず、ポロポロくる。それを、たえず、ポロポロ受ける。うしろなんかふりむいてるヒマはないのではないか。忙しいと言えば、この世のものではない忙しさだ。

その後、父は東京の千駄ヶ谷の組合派の教会の牧師になり、ここで、関東大震災がおこる。関東大震災のとき、ある高名なキリスト教者が、朝鮮人が襲撃してくるという噂に、木刀をもって自分の家の縁側でがんばっていたというはなしを、最近きいた。この人には家や家族を守る気持があったのかもしれないが、ぼくには、このはなしは信じられない。

父は震災がおきると、信者の家をたずねてまわったり、とにかく、あちこちとびまわっていたらしい。そして、朝鮮人が襲撃してきたら、ぶっ殺してやると、街角で竹槍をもって立ってる人たちに、それはデマだ、朝鮮人を竹槍で刺したりするな、と父は説得しようとして、なんども、竹槍で突き殺されそうになったのだそうだ。

これも、先生のやることには、まったくはらはらしましたよ、と信者たちが心配していたことを、母からきいた。だが、このことでは、たぶん一度ぐらい、父が、「朝鮮人が攻めてくるなんて、バカらしい！」と言ったのをおぼえている。

もともと、父はオッチョコチョイなのだろう。人間がもったいぶるほど、宗教には相反するはずなのに、逆に、宗教界には、わるく言うともったいぶった、荘重な人がおおい。また、はなしはちがうかもしれないが、たとえば明治の高名なキリスト者について、クリスチャンであると同時に日本武士だった、といったことを言うひとがあり、それが、誉め言葉みたいにおもわれているのが、ぼくはふしぎでしようがない。

クリスチャンはクリスチャンでいいではないか。クリスチャンはクリスチャンでじゅうぶんなはずだ。クリスチャンと日本武士とが同居できるなんて考えるのが、甘い考えだ。また、たんに論理の問題にしても、クリスチャンであり武士だったというようなことは、論理の明快さを濁す。

いや、人間については、論理的に明快にはいかないもので、あのひとは、事実、クリスチャンにして武士で、ただ事実のままを言ったにすぎない、とおっしゃるかもしれない。

しかし、それが誉め言葉みたいになっているのが、ぼくにはふしぎなのだ。くりかえすが、なぜ、ただのクリスチャンではいけないのか。また、屁理屈を言うようだけど、クリスチャンにして武士というのは、そのひとがクリスチャンとして足りないか、あるいは、武士として足りないことではないか。

あのひとはクリスチャンにして武士だ、なんてことを、当の御本人がきいたなら、その人がぼくの想像してるような人ならば、「うーん、私はまだ武士が残っていたのか」と反省したのではないか。

関東大震災から二年後、大正十四年（一九二五年）にぼくは生れた。そのとき、母は四十六歳か、たいへんに晩い初産だ。そして、ちょうどぼくが生れるころから、父はポロポロがはじまったらしい。

父の千駄ケ谷の教会は神宮の森に近く、父は神宮の森にいっては、祈っていたという。これは、ぼくのかってな想像だが、父は、「信仰があやふやになり、不安でなりません。

ああ、神さま、どうしたことでしょう？　どうなるんでしょう？　イエスさま、どうにかしてください」となやんで、うったえていたのではないか。

牧師のくせに信仰があやふやになったと言っても、父は世間のことのため、たとえば金もうけとか、あるいは出世のために、信仰があやふやになったのではあるまい。

もっと根本的なことで、今まで、自分が信仰とおもっていたものが、はたして、ほんとに信仰なのだろうか、という疑問となやみだったのではないか。

そんなふうに、苦しみながら祈ってるときに、父はポロポロがはじまったのだろう。それは、その瞬間、見よ、天は開け、なんていわゆる劇的なものではなかったのではあるまい。

だいぶ前から、どうも、ぼこんぼこん、なにかがつきあげてきて、そのたびに、祈りの言葉もとぎれ、こりゃ、おかしいな、とおもっていたのが、ひょいと気がつくと、ポロポロわめいていた、といったぐあいではなかったのか。

どうも変だ。自分は病気じゃないかという気がしていたのが、こりゃ、ほんとに病気だよ……はじめは、父はそんなふうにおもったのかもしれない。

そして、父は嘔吐したあとのように、つっかえていたものが、とり払われた感じとともに、その嘔吐のつまりは非理性的なみにくさに、おそれ、おののき、不安になったのではないか。

また、父は自分が祈りの言葉を失ってるのにも気がつき、失った言葉をとりかえそうとするのだが、口からでるのはポロポロばかりで、といったことではなかったのか。

祈禱会はおわり、母はわるい足にかけた座布団をとって立ちあがり、ぼくも腰をあげて、さきに廊下にでた。

廊下をあるいてきたぼくは、玄関で立ちどまり、母はぼくのうしろをとおって、台所にいった。台所でお茶をわかすためだ。

ぼくが玄関で足をとめたままになっていたのは、玄関のガラス戸がしまっていたからだった。

礼拝や祈禱会のあとで、母がお茶をいれてだすというような習慣はなかった。だが、その日は父のほうの祖父の記念日だった。記念日というのは命日みたいなものだが、きょうは、死んだおじいさんの記念日だから、いっしょにさんびしてやってください、といったことを、祈禱会のポロポロのはじめに父が言うだけのことで、ぼくは命日というのは知らないが、やはり、だいぶちがうのではないか。

暗くなってから、ぼくが山をおり（という言いかたを、うちの者も教会の人たちもした）、また、山にのぼってきたのも、おじいさんの記念日なので、町におセンべかなにかを買いにいったからだ。

おじいさんの記念日だからといって、いつも、おセンベかなんかを買ってきたわけではない。ぼくがおぼえてるのも、この祈禱会の夜ぐらいだ。しかし、うちの者のほかは信者は一木さんひとりで、ぼくの勉強部屋でやる祈禱会だし、あとで、おセンベでもたべてということになったのだろう。もっとも、一木さんはおじいさんを知らないし、ぼくもおじいさんの顔は知らない。また、父が死んだおじいさんをしのんで、なにかはなすということもない。ポロポロのあと、ま、おセンベでもかじってというくらいのことだったのではないか。

その夜、ぼくは、いくらか遠くまで、おセンベだかなんだかを買いにいったような気がする。そのとき、ぼくが中学四年生で、昭和十六年の初冬ならば、もうモノのないころで、おセンベでも、あそこまでいけば買えるということではなかったのか。夜の町も暗かった。しかし、ぼくがおセンベだかなんだかを買ってかえってきたとき、うちの石段の上であった人は、いったいだれだろう? その人のために、ぼくは玄関のガラス戸をあけておいたのに、その人はうちにはこなかった。そして、ぼくがあけておいた玄関のガラス戸はしまっていた。

ぼくは、わりとしつこく、妹にもたずねたが、妹は、ぜったい、玄関のガラス戸などしめてないと言う。ぼくがかえってきて、玄関のガラス戸があく音はきこえたが、しめる音もきいてないそうだ。

その人はソフトをかぶり、二重まわしを着て、足もとがなんだかおぼつかなく、ぼくは、一木さんだとばかりおもっていたが……とぼくはなし、一木さんはそれをきいて、ポロポロつぶやいた。

父はおセンベをたべながら、「酔っぱらいだろう」と言った。しかし、夜のこんな時間のこんなところに、酔っぱらいがまぎれこんでくることは、あり得ない。

ぼくがそうくりかえすと、父は、「じゃ、おじいさんだ。記念日だから、おじいさんがきたんだよ」とわらい、一木さんはポロポロやり、頭をふった。一木さんには、ポロポロやっては、頭をふる癖があった。

とんでもない考えのようだが、ぼくは、父が言うとおり、あの人が死んだおじいさんだとすると、いちばん合理的のような気がした。

酔っぱらいなんかくるわけがないが、もしあの人が酔っぱらいだったとしても、ひとの家の前まできて、そっと玄関のガラス戸をしめていったりするだろうか。

合理的なユーレイなんておかしいけど、そうとしか考えられない。

しかし、「記念日だから、おじいさんがきたんだよ」と父がわらい、そのあとの（これも、前後というものはないのだろうが）ポロポロで、ふつうの言葉でいうユウレイは、それこそ、ぽろぽろっと消えてしまった。

石段の上でぼくがあった人が死んだおじいさん（それが、いちばん合理的だが）だったとしても、そうでないにしても、ただポロポロなのだ。

このことを、あとで、父がはなすのをきいたことはない。物語好きの母も、まるっきり忘れてしまったようだ。

戦後、一度ぐらい、ぼくはあの夜のことをもちだしたかもしれないが、父は、「へえ、そんなことがあったかなあ」と言ったぐらいだろう。

ぼくは父とあまり話をしなかったのではない。こんなによくしゃべる父子は見たことがないよ、と母があきれてたくらいだ。

くりかえすけど、父にとっては、死んだおじいさんが、記念日の祈禱会の夜にやってきたとしてもポロポロ、ちがう人だとしてもポロポロで、ただポロポロなのだ。

泥海

野間 宏

■のま・ひろし　一九一五〜九一
兵庫県生まれ。主な作品『暗い絵』『青年の環』
初　出　『文藝』一九七九年一・二月合併号
初収録　『野間宏作品集』第三巻（岩波書店、一九八八年）
底　本　『野間宏作品集』第三巻（岩波書店、一九八八年）

昼の風呂で、頭を洗ったのがやはりよくなかったなと、粉川講師は、左の耳に小指を押し入れて考えていた。別に熱があるわけではなかったが、身体全体に、強張《こわば》りと弛緩の両方が生じているのが、自分でもはっきりとわかった。そして左手の小指は、いつの間にか、左の耳にさし込まれている。

はげしい臭気が鼻孔をつきつづける。それは吐気をもよおさせるだけではなく、時には呼吸困難に陥れられるかと思われた。この臭気は、養豚場から発するものでもなく、養鶏所から流れてくるものともことなり、潮気を含んでいてそのために身体全体に、臭気液とでもいうようなものを、ぬたくる、特別な醜い匂いをたたえているものだった。

「この臭気というやつがどうもいかん。匂いというやつは、まったく始末におえんところがあるよ、……第一、ものを考える力を、薄れさせる……薄れさせるなどというどころではない、その大もとから、そぎ取られてしまう。……まあ、その考える力というものが、頭に備わっていて、その上での話だが。」

臭気はやがて、消えていくものと思えていたが、そのような気配は見られなかった。臭気は一日一日とはげしくなり、その濃度をましていった。粉川講師も一緒に連れてきた学生たちもまず食欲を失い、たちまち弱り込んで、その日ごろの動作を鈍らせてしまった。

臭気はこの南方の小さな町の内海が、つづく干天のために乾き切って白い泥土の原野と化したところから立ち昇り、町全体をつつみ込み、隣村何ヵ村かをおびやかしているのである。

このような泥土の海ができあがるなどということは、町の人が誰一人として予測することのできないところであったという。この町の安旅館の若主人の話では、町の漁民でさえも全然このような海の異変に対する備えがなく、海面がぐっと落ち込み、二、三日、まるで引き潮時のように、遠浅続きになり、やがて海底を少しばかりのぞかせるようになりはじめた時にも、海が今日のような状態になるなどと考えたものはいなかったという。誰もが、あと一、二日もすれば満潮時の海が元通りにかえってくるものと思い込んでいたのである。

しかし、その二日後には、海水は海底に大穴でも掘られて、一挙にそこに吸い込まれていったかのように水嵩《みずかさ》は減り、海面がそのまま、海底になってしまうという事態が起こったのである。遠浅の海などというものはなくなり、行方知れずになってしまっていた。

五十年ばかり前にも、これに近い状態が起こったことは起こったのだが、その時にも水がひいて遠浅の海が遠方の方まで、ひろがるばかりであって、海面がなくなり広い海底がそのまま姿を現わすようなことは、今度が、はじめてのことだった。旅館の二階の窓から漁民の低い屋根をこえて、昨日の朝方、まだ輝くように浮上して見えていた海は、いまは、何処かへ消え去ってしまっている。

「漁師がもう驚いてしまいましてね。あれよ、あれよと言っている間に、こういうことでしょう。海あっての漁師で、その海が行方知れずになってしまったんじゃあ――、何もかもなくしたも同然で、それに漁船が陸の上に残されたままで、いくら、枕木を敷いて海水のあるところまで、押して行こうといったって、四キロも五キロも向こうまで、押して行くわけにはまいりません。それで、浅瀬で飛び跳ねて遊んでいたはぜか何かのように、ただ、うろうろとまわりを、跳ねまわっているばかりでしてね、ついにはその跳ねる力もなくしてしまいましてな……」東京の大学を出ているという長身の旅館の若主人は、旅館の下の気ぜわしげに行き来する通りの人々のどことなく様子のちがった振舞を気にする粉川講師に言った。

　旅館の若主人は、漁師たちは、海をとられ、これからどうすればよいのか、どうしようにも考えようがなくなって、全日寄り合っている漁業組合の世話役のところへ訪ねて行って、いましばらくはどうしようもない、この実情を県知事に訴えて、対策を講じてもらうようにするほかにはない、当分の間家に戻って、こちらからの知らせがあるまで待っていてもらいたい、その世話役たちの言葉を聞きとり、それぞれ、いつもとはまったく違った足並そろわぬ足どりで帰って行った、しかし、あてにしていた県の救援ははかどらず、おくれる一方で、漁業組合の世話役たちも評判をおとしその持ち前の荒々しい力の振いどころもなく、弱り切ってしまっていると言った。

しかし二日ほど前から中央の新聞社やテレビジョン、週刊誌などの報道陣が、にわかに動きだし、次々と町にはいってきて、問題を大きく取り扱いだしてから、政府も捨てておくことができず、救援金を出すと公約し、まずその一時金が出ることとなり、騒ぎは少しは収まりはしたものの、この町全体を蔽う臭気をどうするか、これには町の者たちみなが頭をなやましているという。

「報道陣は、この海の奇現象というんでしょうか、これを取材しようと、各社の競争もあるんでしょうが、持ち前のねばりで、有毒物を頭からかぶるようなこの臭気にもよく耐えましてね、干上がった海の端の辺りまでも乗り出して、取材し、録画などもして、報道に力を入れてくれています。まことに、よく、やりますな。はじめて見ましたが、車も入らない泥のなかへと履いている靴もとられて、それでも、まだ、向こうへ向こうへと出て行く、いいますからね。……この報道陣の報道のおかげで、どっと観光客が、押し寄せて来ましてね。ところが、なんといっても、この臭気でしょうが、ただ一泊きりの素泊まりさんばかりで、それも、にわか仕立ての民宿で、設備もまったくととのわぬことも加わって、すぐに逃げだすようにしてお帰りになられてしまうわけでして、折角落ちるはずのお金をまるまる、のがしてしまうというようなことでございますものね。」

「観光客ですかね。しかし観光客とは恐れ入ったね。」粉川講師は学生たちとともに、調査に各地に出向くことがよくあったので、この観光客という言葉にも別に驚くことはなかった。土地の災害、しかもそれが風変わりなものであればあるほど、それをすぐにも観光に結びつけるということは最近ではどこでも考えられ、また実現されることだった。そして彼もまたいまではそれに十分に慣れていて、驚きというものを失おうとしている人間の一人だった。

「お客様のような御辛抱強いお方が多うございますと、この町も救われるんでございましょうが、何といいましても貧乏町でございましてな。前は海、後はすぐに山、それも傾斜がきつくって、耕地はごく僅かで、裏山を切り開いて蜜柑山にする事業がはじまったのが、六、七年前のことでございましょう、だもので、まだ、収入源にもなりませんので。」若主人は、かまわないから、そのように入口のところに、かしこまっていないで、中にはいって来るようにと手まねきすると、すぐにそれに乗ってきて、奥の縁側になっている板敷きの肘掛椅子に掛けた粉川の足元のところに、きちんと坐ると、このような際にも少しも気取りを忘れず、細い咽喉元のところに手のひらを置くようにして言う。

「それほど、御辛抱強いわけでもないが、帰るに帰れんということになってしまったからね。学生たちは興奮してね、もうしばらく、どういうことになるか、様子を見たいと言うしね。僕は一泊で、素泊まりで逃げだしたい方だけれども。……君の言うこの匂いによく耐えるのには、蓄膿症の鼻か、鼻の孔のない鼻の持主でもないと、できることではないからね。」粉川は大きくふくれた鼻翼のところにすぐにたまる汗をハンカチで拭きとったが、すでにそのハンカチは黄色にそまってしまっている。

「学生さん方は興奮して下さって、様子を見たいと、おっしゃっておいでてございますか。それでございますよ。……観光客の皆さまが、みな、そのようにおなりになって下されば、申し分ございませんのですがねえ。政府の一時金も出ることですし、いまは、観光客の方々に一日でも長く滞在してもらう工夫をと、漁業組合の世話役も考えるようになっております。しかし旅館の数はそれほど多くございませんので、民宿、それも、俄か仕立ての民宿を、開こうというので、世話役方の二階に部屋仕切りの襖を入れたり、椅子、テーブルの類を置いたり、枕、蒲団を運んだりしております。何分時期が時期なもので、厚い蒲団の入用がないのが幸いでございますが、この臭気だけは、どうかいたしませんことには……」

「そうだね、臭気ということでは、鼻薬でも嗅がすほかに方法はないだろう。……まずもってお役人方に……しかし効くかな……」

「その方は、とっくにすんでおりますが、少しもその効果があらわれませんようで……。気象学者の方も、海洋学者の方もこの海の異変の原因も明らかではなく、またここ当分はその内海が、元の状態に戻ることは、まず予測できないと、言われたということでございます。」若主人は上半身を突き出しておいて、元に戻す。その細面の顔に哀しげな影が動く。

「するとあの魚釣島といったかね、海の右手の方に突っ立っている、泥海の真中のところに、長い男のものの形をして、突き出ているのが、後、一ヵ月も二ヵ月も、そのまま、突っ立っているわけだね。」

「そういうことでございます。まあ、まあ、こういうものが、出たからには、それに見合う、女の形をしたものが、その辺り近くにあれば、ということも旅館組合のなかで言われて、このわたし奴が選ばれまして、漁業組合の世話役の方に、御相談に行くということにきまりまして、まいりましたところ、それに見合うようなものは、いまのところ、見つかっていないということで。そういうことではなくて、それを、こさえてはどうかと、御相談にまいっておりますと切り出しましたところ、もう、それで話はすぐにも通じましてね、さすが、漁民の暮し向きのことが何よりもまず、心にある方々という思いがいたしました。そこでどこにそれをつくるかということになりまして、それをこさえる場所などもいろいろと出し合ってすでに決まりまして、この一両日中には、そこのところに、その見合うものができることになっております。いくら、なんでも、真っ昼間には、できることではございませんので、夜分に、事を運びましてと、そこのところは、慎重にと考えております。町議会も、この急な事態にうろたえてばかりはおれず、予算を組もうというところまで、まいりました。」

「いよいよ、その辺りまで、この町も来ましたか。どこを訪ねても、日本は同じようになっていきますな。しかし、まあ、こういうことになるほか、ないでしょうよ。……それでは、学生たちの町の調査などというのは、もう、どうということもない代物ということになってしまうわけで、……そうでしょうが。でもこの臭気の方は、どうされます。これを消すなどということは、相当きつい化学処理でもやらないことには、できんでしょう。」

「いやー、むごいことを、おっしゃいます……ほんとに、おきついことを、言って下さったもので、なおよくよく考えなければならんことが、数多くあることを、心底から知らされた思いでおります。……でも、その化学処理というのを、どのようにお考えになるのか、それは、われわれの方におまかせ頂けませんでしょうか。それ、それでございますよ。」

粉川講師も、このようなところまで来ては、気持が悪くなり、これ以上話をつづけることができなくなってしまった。この時、彼は一段とはげしくなりまさってきた臭気に襲われたかのように思ったが、それは、まったくの錯覚だったかも知れなかった。とはいえ、それというのもいかなる気力をもってしても耐えることのできない、かつてない化学反応を起こさせるほどの、臭気以上の攻撃が、彼に対して行なわれたせいだろう。

「どう、されました。急にお黙りになってしまわれて。今日は臭気の方も、いつもよりは弱く静かに引いてきておりますので、何かお夕飯には身のよくはいった蟹のようなものでも、さしあげて、気散じをして頂こうと考えておりますが、このようなことで蟹がはたして、手にはいりますかどうかと、案じております。蟹は、満月には、その身が細り、ほとんど、食べるところがなくなってしまうものでございますが、いまは、まだ、満月までには、かなりの日がございますので、その方は大丈夫と思います。方々に手をまわして、折角、おいで下すったのでございますから、生きのよい海のものを、数そろえて、お召し上がり頂きたいと思うております。」

「その海のものは、別にいらないよ。こんな町の大変事の時に、海のものを食べようなど、思ってもいやせんよ。それに第一、この臭気で食欲など全然ないからね。それよりも、綿棒のようなものか、何かあったら、とどけてくれないか。久しぶりに湯にはいれたので、頭を洗ったりして、耳に水がはいったのか、ちょっと、左の方の耳が、おかしいんだよ。たいしたことはないがね。」

「お耳に水が、それはいけません。お湯の方は、もう何日もたいておりませんが、たまりました水で特別に、おたきいたしましたので。……綿棒と申しますと、あの先に綿のついた、耳を消毒する竹の棒のようなものでございますね。……さあ、ございますかな。……ございましたら、すぐにおとどけいたします。ただ、この旅館にも明日から新聞社の方が五名さんほどお泊まりになることになりましたので、おやかましゅうになると存じますが、どうか我慢して頂きとう存じます。」

旅館の若主人は引き上げて行った。しかし綿棒はとどきはしなかった。粉川は若主人の話を思い出しては、何度か吐き気をもよおしたが、あるいはそれは耳にはいった水が内耳の蝸牛管のところにはいって、作用しているからかも知れなかった。身体に熱っぽいものがあるようだった。そして日ごろの大学の日々の疲れが一気に出たのか、彼は畳の上に身を横たえ、上唇の厚い口をあえぐようにして、開いたり、閉じたり、しつづけていた。

「粉うさん、粉川さん、どうされました。口を開けたり閉じたりして、いつ、磯巾着などに変身されたりしたんです。」

何ものかが、一斉に彼に、まわりから襲いかかってくるかと、身を起こすと、学生たちが彼を取り巻くようにして、覗《のぞ》き込み、笑い声をあげている。

「よくないじゃないか。折角、この臭気を忘れて、気持よく眠り込んでいたのに。ひとの眠りを奪うほど、悪いことはないということを、君たちは知っているか。僕が講義の時に一度だって、君たち学生の眠りを奪い取ったことがあるか。ないだろう。磯巾着が、どうしたんだ……」粉川は坐り直し万年講師であるとはいえその講師の威厳を取り戻そうと試みたが、それはやはり不可能なことだった。

「ひとの眠りを奪うほど悪いことはないということ、これを僕は粉川講師から、十分学んでおります。ですから、僕は粉川講師の講義に多くの学生が眠り込んでいても、ただの一度といえども、起こしたりしたことはありません。」右手にいた石本が坐り直し、姿勢を正して言った。誰も笑いはしなかった。弱まっていた臭気が、風の向きが変わったのか、再びみなを襲ってきた。

「ブック」あるいは「優」とみなから呼ばれている四六判のような顔をした石本は、さらにつづけた。「どうしましょうか。おさらばにしましょうか。当分、この内海は、元にかえりっこないということですよ。陸地が隆起した様子は全然なく、そうかといって、ただ干天で降雨が全然ないというだけで、海水がこのように減量することはありえないと、漁民たちは、海と漁船とをとられて気落ちして、泥海を前にしてじっと縁先に坐っているだけで、こんな、われわれのアンケートに答えてくれる者は、ひとりもいませんよ。」

「石本君、さっきの勢いはどうしたんだね……あんなに興奮して、この異変のなかで何が起こるか、見とどけようとか、何とか言っていたんだろう……。まあ、三日に一度ずつ、考えが変わるのが、最近の学生で、君もその一人だろうが……いや、これは何も学生には限らない……世界中が、どうも、同じようにそうなってきているようだからね。……別に君をせめているんじゃない、ただ、僕はね、君の姿の事実というものを、こう、見ているだけなんだよ。」粉川は煙草に火をつけた。

「石本には石本の考えがあって、まあ、それを、ちょっと、出してみたわけでしょう。漁民はもちろん、海あっての漁民で、海をとられてしまっては、漁業はないわけで、したがって漁民ではなくなる。漁民としてのその……その……漁民としての、ぎょ、ぎょ、みんとしての……」左取《さどり》が言った。悟りと呼ばれ、理論家で通っているとはいえ、なおその理論は哀しいかな理論家という通称を十分に支え得るとはいえなかった。

「漁民としての存在だろう……」粉川は言った。

「そう、漁民としての存在の根拠を失うことになる。磯巾着が海を失うことによって、磯巾着の存在の根拠を失ってしまっていくように。そういうことです。磯巾着は、普段は引き潮の少し前に、自らその口を閉じてその腔のなかに水を貯え、それによって脱水、乾燥から、身をまもるといわれていますが、その磯巾着も、今度の異変で、その身をまもり切れず、すべてが死んでしまい、その口を開けて、腐り、臭いをたてていました。くらげはその円い形の跡を岩盤の上に印しているだけで、昇天してしまっていました。」

「くらげ、昇天するか、……それはいい。それはいい。くらげ昇天して、彗星となり、粉川、昇天して花川となれり。この花は鼻に通ずると注をしておこうか。」粉川は肉の厚い鼻に色のついたハンカチを持っていった。

「僕は、あの南側に突き出ている突堤の先のところまで行ってきましたが、突堤も水がないために、まるで、とりでの一角という風で殺伐きわまりないというありさまで、足が鈍る一方でした。船着場につながれた船も土の上に放り出されて、船底が乾いてなんか虫の鳴き声のような音をたてていて、素通りしてしまいましたが、海ぎわ近くに一艘のモーターボートを見つけて覗いてみましたら、モーター、機械類がすっかり、もってかれていましてね。……漁民たちは海をなくして、何一つにも手がつかないという人たちが、ほとんどですが、なかには、この入海にできた陸《おか》がこのまま、ずっと陸でとどまるならば、その時には、土地が手にはいると算段しだしているものもいますよ……。ですから、後しばらく、はたして、この町は、これからどうなるか、残って見とどけましょうよ……」お岩さんと呼ばれ、足があるのかと言われ、いつものろのろとして動くことのない、三人のうちでもっとも顔のととのった民谷が、いつもとはちがって、まともなことを言う。

「先生どうしました。耳をどうかされたんですか……熱があるんじゃありませんか。寝床をしきましょうか。」民谷は、さらに、付け加えた。

「どうってことはない。折角、気持よく眠っていたのに、君たちが無神経にも起こしたりするからだよ。少しはむずがゆいところも出てくるよ。……」粉川はいつの間にか、左耳につき入れていた、左手の小指を、あわてて引っ込めた。どうするかな、町は荒れている、内海の住民調査は、できないことはたしかだが、民谷の言うように、しばらくここに残って見とどけるというのが、やはりいまは、もっとも正当な言い分だろうと彼は考えていた。しかしどうして、彼らは、笑いもせず、いかにも不思議そうにこの俺を見ているのだ……一体、この俺が、どうしたというのだ……彼はさらに考えていた。

「この臭気を消す方法はないかね。」彼は声をあげて言った。

「先生、これを使っておられないんですか……これを、ちょっと、つければ、かなりちがいますよ……」民谷は背広のポケットから香水の瓶をとりだし、粉川の方にさしだした。

「そうか、そういうことか……そうか、そういうことか……こういうことにかけては、君たちは、はやいものだね……」粉川は香水の瓶に手をつけ両の鼻の下のところに液を用心しながらつけた。そして彼は立ち上がって、階段の方へと歩きだした。学生たちは、頭を左右にふりつづけながら歩く彼を追い、彼の手をとらえたが、彼はみなの手を、はげしい力で振り払い、階下へとおりて、海の方へ、もと、海のあった方へと歩いて行く。

「粉うさん、粉川さん、花川さん、粉川先生、鼻川先生。」学生たちは彼を追いかけてきた。しかし、すでに彼は白い泥土の原野の直中《ただなか》に立っている。

するとその白い原野を蔽うかのように、向こうから、飛びはねてくるものがある。それは飛びはねる生き物の群、大群である。

それは傾き、背後の山際にきらめく太陽の光をうけて、一つ一つが光をはね返すかのように身を輝かせ、光の風のように、光の嵐のように、こちらにせまってくる。

その光の嵐の大群は、すでに粉川講師をとりまいている。彼らは光のささやき、光の声、光の叫喚を発している。

粉川は、それが海老の群であることをようやく認めることができた。大小、さまざまな海老たちだ。イセエビ、サクラエビ、クマエビ、クルマエビ、シバエビ、サルエビ、ホッカイエビ。

しかも彼らは左右に頭を振って、何かを探している。たしかに何かを探している。「粉川先生、こいつは、こいつどもは海老ですぜ……海老どもがはいあがってきますぜ！さあ、はやく行きましょう。」学生たちが、ともどもに言う。

粉川は自分の左手の小指が左の耳のなか深く差し入れられているのを、この時認めなければならなかった。ああ、耳石だよ、耳石だよ、海老どもが探しているのは、耳石だよと、彼は気付いたのだった。

海老どもは海の異変のなかで、耳に入れていた耳石をどうかしたにちがいなかった。彼は動物学の友人から聞かされた、海老が脱皮ごとに石を挟み足ではさんで耳に入れ、身体の平衡を保つことを思い起こしていた。しかし白い泥土の原野には、海老の大群の求める小石は、ただの一個さえないではないか。可哀そうに、まさに、終わりだよ。粉川は頭がくらくらして、そこにどさりと倒れた。

「粉川先生、粉川先生。」学生たちの声が、耳元で呼びつづけている。

葛飾

吉行淳之介

■よしゆき・じゅんのすけ　一九二四〜九四
岡山県生まれ。主な作品『驟雨』『暗室』『夕暮まで』
初出　『群像』一九八〇年一月号
初収録　『目玉』（新潮社、一九八九年）
底本　『吉行淳之介全集』第四巻（新潮社、一九九八年）

一

来客と仕事の話をしているうちに、腰掛けている姿勢をつづけることに耐えられなくなった。

「ちょっと失礼するよ」

応接間のソファに横たわって、

「頭と足と同じ高さにすると、ラクになる」

と言い、横向きから俯《うつぶ》せになった。この形になると、呼吸が浅く軽くなる。

「見ているほうも、辛いですね」

と、客の佐々木君が言う。

その言葉が厭味だとしても、仕方がない状況である。しかし、そうではないらしい。

「わたしの母親が腰痛で、三年間どんな医者にかかっても治らなかったのが、一回だけの治療で癒りました。それから一年経つけど、再発しませんよ」

「どんな治療なんだろう」

「指圧というか、整骨というか、そうそうカイロ……なんとか」

「カイロプラクティック、つまり整体だね」

「そうそう」

「どこの医者なの」

「葛飾《かつしか》です」

「葛飾か」

と鸚鵡《おうむ》がえしに言ったのには、二つの意味がある。

住居のある世田谷のはずれからその場所までは、かなりの時間がかかりそうだ。東京の端から端へ、といえる。

もう一つは、「フーテンの寅」という人物を主人公にした評判映画のシリーズがあって、その寅さんの本拠地は葛飾柴又だということをおもい出したためである。

マリリン・モンローがまだ生きていて活躍しているとき、その名を知らないアメリカ人がいる、と聞いて、驚いたような当り前のような気持になったことがある。となると、「寅さん」のことも簡略に説明しなくてはなるまい。彼の職業といえば一応テキヤというところで、ちぢみのシャツに毛糸の腹巻という恰好で浮浪しながら、派手なタンカで品物を売っている。一人だけいる妹は柴又でダンゴ屋を営んでいる伯父の一家を手伝っている。

寅さんはこの妹を可愛がっていて、時折ふらりと戻ってくる。

「おう、帰ってきたぜ。おれがきたからには、もう心配ないよ、みんな安心しな」

威勢よくそう言うと、親戚一同うんざりした顔になる。彼が戻ってくると事件続出、心配だらけになるからだ。

「葛飾というと、寅さんだね」

「そうです。下町であの映画をみると、客の反応が面白いですよ」

「へえ、どんな具合なんだ」

「寅さんは、なにしろ主観と客観の落差の烈しい人物ですからね」

　佐々木君はわざと難しい言い方をして、

「そこが、下町のおばさんたちのハラハラするところなんで、寅さん駄目だよ、ほれほれ、またあ、なんて声がかかるんですよ」

「なるほど、そこらが葛飾・千住あたりのいいところだね。ところで、医者のほうだけど、腰痛とかギックリ腰というのは、一回で癒ることがあるのは確かなんだ。しかし、ぼくの病気はどうかねえ」

「さあ、どうでしょうか」

「このところ、日本人の体質には西洋医学は向いていないんじゃないか、とおもうところもあるんだ。一年間、東洋医学とか漢方系でやってみるつもりで、薬のほうはもう何ヵ月か前に切ったんだ。ちょっと聞いてみて、紹介してくれないか」

　と、佐々木君に頼んだ。

二

数日後、佐々木君から電話があった。

「そんな病気は一発でカタがつく、と相手の先生は言ってます。それに、相手としても、有名人の患者がくるのは歓迎ですよ」

「おれが有名人かね」

「そう言われれば、広く通用する名前じゃありませんね」

「相手の反応はどうだった」

「べつに、ありませんでした」

「ま、それはいいさ。ところで、いつ行けばいいんだ」

「三週間後だそうです。なにしろ忙しくて、新患なんか取っちゃいられない、というんですよ、そこを特別に」

「三週間後が特別かね、つまり二十一日後だよ」

「すこし、ゆっくりしてますね」

「今のところ、ほかに手がないから、それで頼むよ」

「当日は、午後一時までにくるように、ということでした」

と、佐々木君の電話は切れた。

三

その当日、電車やバスを乗り継いで、目的の場所に着いた。路線の選び方が下手だったのか、三時間近くかかったが、指定の午後一時には辛うじて間に合った。

小さな木造家屋の入口のガラス戸に、『整肢整体研究室』と金文字で書いてある。狭い三和土《たたき》に靴やサンダルが脱いであって、そこから家屋の中がすべて見透せる。板敷のスペースにベッドが四つほど並んでいて、その上には仰向けのかたちで男や女がいる。

一段高くなったところが畳敷きで、赤や紺色のトレーニング・パンツをはき上半身裸の男が二人、仰向けに軀を伸している。白い上っ張りを着た男や女の介添で、一たん弓なりにした軀を、烈しい勢で畳の上に落したり、膝を深く曲げて左右の腿を交互に畳に打ちつけたりしている。

「それっ、もっと強く」

と、白衣の男や女が声をかける。

指圧とか整骨とかは、もっと静かな治療のつもりでいた。三和土に立ったまま呆然と眺めていると、白衣の女が近寄ってきた。佐々木君の名を言うと、曖昧に頷き、初診用の紙

を差出し、

「そこで待っていてください」

と、壁添いに四脚ほど並んでいる木の椅子を指さした。

その椅子に腰掛けて、紙片に記入しおわると、助手の女はそれを部屋の奥の小さなデスクに向っている老人に届ける。

やはり白衣を着ているその老人は、ここの院長だろう。七十歳ちかい年齢か、痩せているが姿勢がよく「矍鑠《かくしゃく》」という感じである。

老先生はその紙片に眼を向けずになにか口を動かすと、助手の女はカルテを出して記入しはじめた。

十人ほどの患者がいる。畳のところで荒っぽい体操のようなことを、二十分近くつづけると、ベッドに移る人もいる。手首足首にコードが巻きつけられているから、電気治療の一種なのだろう。

時折、電話が鳴る。

受話器を耳につけたまま、助手の女が奥へ呼びかける。

「先生、新患のかたですが」

「当分ムリっ」

と、乱暴な口調で、甲高い声が咄嗟に返ってくるが、結局三週間後の診察が認められることになる。

時折、ドアが開いて、新しい患者が入ってくる。

たしかに、繁盛しているとはいえる。しかし、三週間も待たせるほどのことはなさそうだ。……それに、いつまで経っても名を呼ばれないので、椅子に腰掛けたままである。

三時すこし前に、老先生が立上って近寄ってきた。しかし、横を素通りで、ドアから出て行ってしまった。小さな風呂敷包を持っている。十五分ほどで戻ってくると、今度は畳のところに行って、半身を起した患者の片腕を勢よく引張り上げたりしている。

午後四時をかなり過ぎた。もう三時間半が経っている。あとからきた患者が、何人も先に治療を受けて帰っていった。はじめての顔にばかり囲まれた、居心地の悪い長い時間だ。

「さて」

と、老先生は顔を向け、眼鏡のレンズの上のほうから視線を送って寄越した。カルテを見て、そこに書かれている名前を声を出して読み、

「なにか聞いた名ですな」

患者たちの視線が一斉に向けられたが、それらの眼は曖昧なままで、反応がない。それを確かめると、もう一度、カルテの名前を声に出して言う。

「いやあ、有名な名前だ、この前も週刊誌に出ていましたな」

患者たちの顔に好奇心が浮んだが、表情は相変らず曖昧なままだ。

三時間半のあいだ見世物にされたわけか。あまり効果のあるものではなく、店晒《たなざら》しといったところだったが。佐々木君の電話を受けたときからのこの老人の作戦だったのだろうか。

「それでは、着替えてください」

助手の女が言い、畳の間の隅のカーテンを開くと、狭いスペースに籐の籠が三つほど並んでいて、草臥《くたび》れたトレーニング・パンツが入っていた。その色が褪《あ》せている。

カーテンから首を出して、きいてみた。

「シャツも脱ぐのですか」

女の患者はシャツを着たまま、治療を受けている。

「もちろん」

高飛車な調子で、老人の声が返ってきた。

畳の間には、いつも二組の患者がいて、男女の助手が治療に当っている。老先生は指導の役で、時折自分でも直接手を下している。

畳の上に仰臥のかたちになると、傍に座った助手の男が、

「あ、皮膚が無い」

と、呟いた。

それは本当だが、そういう言い方は思いつかなかった。剣山《けんざん》でも使って、全身の表皮を

赤くささくれ立たせているような状態になっている。顔面の皮膚も同じで、頸《くび》から胸にかけての皮膚だけ滑らかだが、そこにはメラニン色素が沈着して墨を刷いたようになっている。

「佐々木君のはなしによると、一回の治療で癒るそうですが」

と、言ってみた。

ほとんど信じてはいないが、僥倖ということがある。

「そりゃ、あんた。腰痛と違ってね、こういうものは、一回ではムリ。ま、二、三回はかかるものだよ」

老先生が口を挟みながら、肩の肉を摑み、片腕を引張り上げた。その力は、鋭く強く、信頼したくなるものがあった。季節は早春で、あたりはもう薄暗くなっている。家に帰り着けば、それで一日が終ることになる。

一週間後の予約をもらい、三時間近くかかって、帰宅した。

四

翌日、眼を覚すとき、「もしや」という気持があったが、症状はすこしも変っていなかった。

一週間後には、むしろ悪化していたが、

「やはり、もう一度、行ってみるか」

と、おもった。

その日は、自分で車を運転してゆくことにした。

「あ、皮膚がない」

という声が耳に残っていて、電車の中でたくさんの乗客の眼を気にするのが、はっきり辛くなっていた。

二子玉川の遊園地に近い住居から二十分ほどかかって環状七号線に出て、あとはその幅の広い道路に車を委せてしまう。地図で調べると、結局この道順しかない。高速道路も使えるが、これは自動車専用道路と改名するのにふさわしい渋滞で、五十歩百歩、さらにその道路を降りてからの道順の厄介さはかなりのものだ。

環状七号線に突き当って、それを左へ行くと、すぐに上馬《かみうま》の立体交叉で、ここで道は国道二四六の下に潜る。だいぶ以前の工事のときには、ここを抜けるのに二十分近くかかることがあった。その工事は三年ほどつづいたが、その期間、ここを通らなくてはならぬことが何度となくあった。

世田谷代田を過ぎると甲州街道との交叉地点で、このあたりは有名な渋滞地区である。甲州街道を直角に横切ると、杉並区である。方南町を過ぎ、やがて青梅街道の上を跨ぐ。

高円寺の大ガードをくぐると、少しのあいだ中野区を走り、鷺宮の近くの丸山町を抜けてすぐに練馬区に入る。

豊玉陸橋を通り、十三間道路と交叉すると、羽沢町になるのだが、ここもかなり渋滞する。しかし、それはいまは苦にならない。車の中に一人だけで閉じこもって、ゆっくり移動してゆくことだけがこのごろの生活であり、さらにいえば生きている証拠なのである。車の運転という作業がなぜできるかといえば、ハンドルを握っているときの緊張が副腎を刺戟して、アドレナリンが分泌される。このアドレナリンが病気に効くわけで、すくなくとも運転をつづけることはできる。そのほかは、何をする力もない。

昔は、ここらの渋滞でイライラしたものだ。女がこの広い道から五百メートルほど入ったあたりに住んでいた。女の住居に近づいているのに、車が進まない。しかし、いまは違う。見覚えのある道筋の赤信号で停止したとき、首を横に向けて道の奥を覗きこむ恰好になった。当然、その家屋は見えはしない。

その家屋の近くに車を駐めて、女に会った。一週間に一度くらいの割合でそのことを繰返し、残りの時間には電話もかけなかった。そういう形がつづく中で、ほかに男を求めない女は有り得ない、といっていいだろう。男ができているときは、気配に出てしまう女だった。いつもは滑らかな小麦色の皮膚なのだが、そういうときには全身が薄墨色の膜につつまれて、指先が粘る。女の心に嫌悪が動いているためだろうが、それは女自身に向けられているのか、それとも……。ベッドの上での動作の継ぎ目に、投げやりなところが忍びこんでくる。そういう時期、素知らぬ顔をして、同じ形をつづけてゆくと、いつかは女の肌から粘りが取れ、動作が元に戻ってくる。「きみは、いいね」と、その軀のことを褒めると、「あたしが熱心に、し﹅て﹅いるからだわ」と、女は怒ったように強く言い返した。結局、女は結婚した。昔のことだ。しかし、思い出したように、電話がかかってくる。一年に一回くらい。しばらく前にも、その電話があった。

「元気ですか、元気でいてね。仕事なんかしなくていいわ。生きていてね」

まるで、いまのひどい状態を見透しているような言葉にも聞えてくる……。

『だいぶ弱っているようね。仕事もぜんぜんしないわね。まだ生きてるつもりなの』

しかし、そういう単純な悪意だけが残ったのだろうか。幾つかの感情が複合されている筈だ、と自分を慰めながら、その電話を切った。

羽沢町を過ぎると、そこは板橋区で、間もなく川越街道との交叉、そこを過ぎてまた中仙道との交叉がある。長い距離ではないのに、北区に移るまでにはかなりの時間がかかる。赤羽線の跨線橋を過ぎ、さらに東北線と上信越線を跨っている長い橋を渡る。車の窓から、平行に並んで伸びているレールが幾本となく見える。そこが北区で、神谷町の標識がおわりになったところに架っている新神谷橋を越すと、足立区である。その橋の下は隅田川で、間もなくもっと幅の広い荒川を渡る鹿浜橋がみえてくる。

環状七号線は、足立区にずいぶんの分量を取られている。鹿浜・江北と道の両側の建物の数が減ってゆくが、交通量は変らない。西新井大師の近くをかすめ、日光街道との立体交叉、梅島・青井、綾瀬のちかくの谷中を過ぎて、やがて常磐線に突き当るあたりは亀有で、そこは葛飾区である。

『整肢整体研究室』は、その近くにある。

車のダッシュボードに嵌《は》めこまれている時計に、しばしば眼を向けながら運転してきた。七つの区を通り過ぎてきたとはいっても、深夜なら四十分くらいで走れる距離である。しかし、昼間の道路は混雑していて、三時間十五分かかっていた。

五

着いたのは、午後一時を過ぎていた。この日も三時間半待たされるのを、覚悟している。

二時ころ、若い男が入ってきた。

「先生、草餅をもってきたよ」

と、心やすい口調で言い、紙包を手渡している。

「や、これは有難い。もう蓬《よもぎ》が生えたかい」

「そう、土手で摘んできた自家製だよ」

「これが好物でねえ」

と、老人はその場でつつみを開いて、草色の餅を齧り、もう一つつまみ、

「一つ、やりますか」

と、鼻のところに差出してきた。

「これは、どうも」

受取って食べはじめてみたが、患者がたくさんいる建物の中で、ものを食うのも変なものだ。

三時近く、この前と同じように、老人は風呂敷包をもって、

「遅くなる、遅くなる」

と言いながら、せかせかと出て行った。

「先生は、また銀行かい」

草餅をもってきた男が、笑いながら助手の女に言った。返事を待っている言い方ではない。

そういえば、ここの治療代は、高額といってもよい。一回の治療で片づけば、もちろん安いものだが。

草餅の男が先に治療を受けて帰ってゆくと、おもいがけず畳の間のほうへ呼ばれた。

「具合はどうです」

と、老先生が言う。

「どうも、あまり」

「そうでしょう、よくあることですよ。治療の反動でね、かえって悪くなる。毒素がどんどん出てしまえば、それでカタがつく」

こういう言い方は、民間療法のときにしばしば言われるもので、それを聞いて落胆しかかった。いや、もう十分に落胆している。

老先生は、足の先を鋭い力で引張りながら、

「そうさなあ、あと二、三回かな。今日は、このあとは、電気だな」

と、板の間のベッドのほうを、眼で差した。

ベッドの一つで横たわっている男の患者が、質問した。

「先生、これは電気アンマのようなものですか」

「ば、ばかな」

老先生は細長い顔で、頭には白い和毛《にこげ》のようなものがいくらか生えている。その顔を赤くして、眼鏡越しにその患者を睨み、

「そんな……、もっとずっと……、大へんな、高級なものだ」

と、答えた。

「今日はちょっと急ぐので」

つくり事で断わると、老人は不満顔になったが、

「仕方がない、じゃ、この次だな。あんたは腸に悪いところがある、そこが毒素を出している」

またしても、常套句。

「しかし、なーに、あと二、三回だ。これを渡しておきましょう」

五日後の予約券が手渡された。「その日に、くる気になるだろうか」と、自分に問いながら、その建物を出た。

六

有名な整体の先生の家が、歩いて五分ほどのところに在る。その建物はまだ見たことがないが、大邸宅の玄関を入ると、ベートーベンの第九交響曲が鳴り響いているのだそうだ。広い治療室の一段高いところにその先生が座っていて、治療師と患者との関係は、教祖と信者に似ている、という。「宮内庁御用達《ごようたし》」といった感じの先生で、客層も最上等だというし、その患者になるための入会金もかなりの高額だそうである。幾人かの知人に、その先生のところへ行くように、すすめられた。

信者になることによって、癒る種類の病気もある。しかし、そういう種類のものではな

いし、信者になれる性格でもないから……、とその都度断ってきた。同じ藁なら、なぜ、葛飾まで出掛けたのか。溺れるものは藁、の気分だったのか。それなら、車で三時間余りより歩いて五分のほうが手近かではないか。

葛飾の先生も、ずいぶんと高飛車だし、教祖のつもりでいるかもしれない。教祖のつもりとその器でないいずれをおもしろく思うが、病気のほうは治らない。

……いまも、こうやって苦しんでいる。久しぶりに入浴したあと、ベッドの上に蹲《うずくま》って、そういうことを考えていた。

湯に入ることは、苦行である。風呂から出ても、汗がおさまるまでは、全身が軋《きし》むように辛い。蹲って、それに耐える。その夜は頭を洗ったので、二倍辛い。

その辛さは、以前に比べてすこしも減っていない。佐々木君の語ったように、一回の治療で癒った例もあるというのに。いや、病気の性質が違うから、仕方がないか。いずれにしろ、もう葛飾まで出かける意味はない。歩いて五分の有名な先生の大邸宅へ行ってみるのと同じくらい、無意味である……。

七

夏も終りの頃になった。

その日も、環状七号線の上を、車で動いている。車には、クーラーを取り付けた。

二週間に三、四度、葛飾まで車で往復している。五十回は治療を受けたことになるが、病気はすこしも快くならない。しかし、家に引籠っていたとしても、ベッドに横たわって、テレビを見ているだけだ。いまできることは、寝ることとテレビを見ることと、そして車の運転だけである。

三時間余りで、葛飾へ着く。いまでは、備えつけのトレーニング・パンツを避けるために、パジャマのズボンを持参している。

「どうです、先生」

と、老先生が呼びかける。

だいぶ前から、「先生」と呼ばれている。医師が患者を「先生」と呼ぶことは、めったにない。ということは、老先生は「整骨師」であって、「整骨医」ではないのを示している。

「先生、すこしは仕事をする気が起ったかね」

「どうも、駄目ですね」

「困ったねえ、ま、こっちへ来てくださいよ」

治療室の奥のドアを開くと、小さい部屋が一つある。その机の上に、色紙が積んである。

「また、か」

とおもったのは、一ヵ月ほど前、同じ目に遇っていたからだ。

そのときには、手渡されたマジックで、

『整肢整体でニコニコと』

と、書いてみた。

色紙を書くのは大の苦手でいつも断わっているのだが、患者の立場は弱い。老先生は、下手糞な字が並んだ色紙を不満顔で眺めていた。

「今度は、そのまん中に、寿、と一字だけ書いてくださいよ」

と、老先生は筆を手渡した。硯箱を探すと、机の上に墨汁の缶が置いてあった。二十枚ほど積み上げてある色紙に、指定された文字を書いてゆく。これが、一回の治療で癒った証拠物件になるのだろうな、とおもいながら書く。老先生の話は、ある大病院がつぎつぎに患者をまわして寄越すので忙しくて仕方がないとか、有名なシャンソン歌手の弟の肝臓を「一発の治療」で癒したとか、数々の輝しい治療歴に満ち溢れている。

「今日は、なかなかいい調子だ」

と、色紙を書いている横から老先生が励ましていたが、ようやく最後の一枚にたどりついたとき、

「おっと、その一枚には、まん中に別の字を書いてください」

「なんと書けばいいんでしょう」

「ツルカメズシ」

「え」

筆を取上げて、畳の上に除けてあった書き損じの紙に、

「鶴亀寿司」

と、老先生が書いた。

「それ何でしょう」

「ここの近くの寿司屋でね、わたしが懇意にしている。ここの鮪はね、あんた、日本一だよ。今度一緒に行きましょう」

「ええ、まあ……。それは分りましたけど、鶴亀寿司、とまん中に書くんですか」

「そうそう」

「そうかなあ、為書のことでしょ」

「ためがき……」

「つまり、鶴亀寿司さん江、とか横に小さく書くんじゃありませんか」

一瞬の間があって、

「いや、まん中に、大きく」

と、老先生は頑固な口振りで言った。

……このごろでは、ベッドで電気をかけられている。

仰臥して、手首と足首にコードを巻きつけられる。老先生は、ベッドの足もとにある箱型の器械のダイヤルをまわして、目盛りの針を見た。

「ショックがあったら、言いなさい。電気を弱くするからね」

いつも、その言葉ではじまり、一時間そのままになる。

ベッドの足のほうに、窓がある。窓の上の壁に、証明書のようなものを入れた矩形の額縁が、四つほど並んで懸けられてある。なかには、英語だけのものもある。そのことは前から知っていたが、その日、時間をもてあまして、その紙片の文字を読んでみた。

いずれも、整骨とか指圧の技術を修得しおえた証明書である。英文の紙は、わが国のカイロプラクティック協会発行のものと分った。

そのとき、ふと気づいたことがある。

それらの証明書の発行の日付が、いずれも十年前のものなのだ。老先生がいま七十歳とすると、わずか十年前、とも言える。若いころからこの道一筋……、という印象を受けていた。

六十歳まで、どういう人生を送ってきたのだろう。風呂敷包をもって閉店直前の銀行へ急ぎ足で出かける姿をおもい浮べながら、横目で老先生を窺った。暑いので、その日はちぢみのシャツとステテコ姿である。

「寅さん」の姿が、そこに重なり合った。

ベッドの治療が終って、会計のとき、

「今日から、――でいいそうです」

と、助手の女が二割引の金額を言った。

「え、そうですか」

それだけの額を支払い、

「やはり、これは長期戦を覚悟しなくちゃいけませんか」

と、老先生のほうに声をかけると、

「ばかな。長期戦だなんて、そんな。もうじきだよ」

憤然と、老先生は答えるのだが、すでにもう半年の期間が経っているのだ。

八

その日の帰り道の混雑は、特別に烈しかった。事故があったらしく、車の列がときには全く動かなくなる。

体調も、その日はとくに悪い。軀ぜんたいが前後から締めつけられるようで、軋むような痛さである。すべての西洋系の薬を切って、もう一年近くなる。この病気には、ある期間だけ劇的に効く薬がある。しかし、その薬には厄介な副作用があり、長年にわたってすでにかなりの分量を使ったので、避けてみようとしていたのだが。

あの老先生も、厄介な患者を抱えこんで、閉口しているのではあるまいか。次回の予約券はポケットにあるが、もうそれを使わないほうが親切というものだろうか。あるいは逆に、信用しないことを怒るだろうか。そこのところの判断がつき兼ねる。

それが八月の末だったが、九月十月とずるずると葛飾へ通った。

病状はまったく変らない。そして、老先生の心の裡も分らない。

九

十一月の初めに、病状はさらに悪化した。車の運転も困難なくらいである。

もう仕方がない。元のように、西洋医学の治療を受けることに切替えた。

老先生には、詫状を出しておいた。なぜ、詫状を出すのか、よく分らない。こういう気持になるのも、病状の一部かもしれない。

三年後。

歩いて五分のところに大邸宅を構えている整体の先生が亡くなった。その後、間もなく、葛飾の先生が亡くなったという噂が届いた。二人とも、年齢は七十代の前半だった。

あれだけ居丈高に振舞った大邸宅の先生は、せめて八十歳まで生きる義務……、というか責任がありはしまいか。それは、葛飾の先生のほうも同じ立場だとおもうのだが、しかし、違う気もしてくる。

百

色川武大

■いろかわ・たけひろ　一九二九〜八九

東京都生まれ。主な作品『怪しい来客簿』『狂人日記』

初　出　『新潮』一九八一年四月号

初収録　『百』（新潮社、一九八二年）

底　本　『色川武大阿佐田哲也全集』第二巻（福武書店、一九九二年）

受話器の向こうから、弟の嫁の、昂ぶりのためにかえって感情を押さえているらしい低い声がきこえてきた。

「おにいちゃん、ちょっと来てもらえないかしら――」

たしかに私は義兄だが、おにいちゃん、は慣習的な言葉で、もう五十歳を越えたところである。もっとも、子も居ないし、世間の機構にはずれた生き方をしているので、内心は不良ッ子の時分と大差ない。

「おじいちゃんがね、おばあちゃんを、突き飛ばしちゃった、らしいの。おばあちゃんは縁側から庭へ横倒しに落っこっちゃって、肩か腕か、とにかく折ったらしくて、あたしたちの方へ逃げこんできたんだけどね、それで近所のお医者を呼んで応急処置をしてもらったんだけど、明日、病院に連れていかなければいけないようね――」

弟一家と、老いた両親は、地続きに棟を二つ建てて住んでいる。父親は九十五、母親も七十よりは八十の方に近い。

「ところがね、おじいちゃんが昂奮して、こっちの家まで来ちゃって、おばあちゃんは怪我などしてない、そういい張るのよ。これこのとおり、腕が動かないんです、っていってしないし、おばあちゃんも怪我などしも、俺は認めない、ってこうよ。俺は突き落としたりしないし、おばあちゃんも怪我などしない、こっちへ来い、といって自分の住居の方に連れていこうとするの。おばあちゃんは、もう顔も見たくない、といって泣き叫ぶし、まだまだおじいちゃんの力は強いわよ。——おにいちゃん、お仕事？　ちょっと来てもらえるとおさまりがつくと思うんだけど」

私は、仕事のけりをつけて、行く、といった。父親はこの二三年、身体がおとろえるとともに、万事にいらついて当り散らす時期と、物静かにおちつきをとり戻す時期と、交互にくりかえすようになった。むろん、老耄の結果であるが、それとはべつに、壮年の頃から屈託が内攻してヒステリーをおこすタイプであり、ヒステリーが吐きつくされるまで荒れる。もっぱらその鋒先は母親に向けられるが、それはセックスを吐きだすようなもので、父親もまた私と同じように、幾歳になってもかわらぬ内心や生理のようなものを持っているように見える。悪い時期には、父親自身が弟や、離れたところに居る私を集めたがって、折り折りに電話を、家族の誰かにかけさせてくる。

私は生返事をしておいて、行かないときが多い。私の方も、本人にしか辛さのわからない神経病があり、いつもハンデつきで暮していて、そういう身には売文業も見た眼ほど楽な稼業ではなく、そのたびに飛んでいけない事情も多々あるけれど、なんにせよ、私だけ離れたところに居て、老人の世話を回避していることに変りはなく、弟たちからその眼で見られていることも重々承知している。

とりあえず明朝渡さねばならぬ仕事を片づけて、私はタクシーを呼んだ。夜半の二時をまわっていた。多分、もう昂奮はおさまっているだろう。寝ていれば、そのまま帰ってくるつもりだった。

おそらく——と車中で想像した。騒ぎの発端はとるにたりないことで、父親は自制する力もなく暴力をふるおうとし、母親は身を避けて逃げたのだろう。母親は、もう五十年も父親のヒステリーの餌食になっていて、本能的に深い恐怖を覚えており、いくらか大仰に飛びすさる。逃げれば追う。殴る気で追いすがったが、同時に縁側の端までいき、そこからまだ退ろうとする母親を支える気で両手を出した。母親にはそれが突きおとされたように感じた。そんなところではあるまいか。一瞬の惑乱の中で、関係のない気持が混在していたろうが、どちらもその片々は記憶しておらず、全体が持つ大きな特長に片寄らせて思っている。そうしたことは珍しいことではない。

父親は動転し、悔い、かえって威丈高になり、半分醒め、半分昂ぶったまま、いつもと同じ恰好だと思おうとして、怪我を認めまいとする。母親は、いつもとちがう証拠に怪我があるのだ、と固執する。が、母親の年齢で折った腕が旧《もと》に戻るのは、かなり時間がかかるのではあるまいか。その間、母親は、折った腕のかわりに父親に対する優位を獲得した気でいるだろうが、老耄した父親がはたしていつまで憶えているか。

予想したとおり、生家の跡に建った二棟は、いずれも燈《ひ》が消えていた。弟は勤め人で朝が早い。騒ぎに気づいたはずの近隣も寝静まっている。

私は幼い頃遊んだ路上にしゃがんで煙草に火をつけた。何十年かして、私も夜も昼もけじめのつかない、夜昼ばかりでなく自分の主体というものにもけじめを失ったまま、浮遊するように生きている。五十年の間、あれこれやってきたことは、ただ伸びひろがって拡散していくばかりで、少しもまとまりがつかない。おそらく父親も似たようなものだろう。八十年も九十年も生きても、まだ途中だというだけで、なんのまとまりもつかない日々なのだろう。

私がはじめて小説めいたものを書き記したのは、戦時下の旧制中学の一年か二年のころだったと思う。題名は失念したが、父親を薪割りで叩き殺す話だった。それは半分は私の当時の願望だったが、その気持をいいかげんに、雑駁にひきのばしたもので、半分は、それとまったくちがう気持が占めていた。私は父親の四十半ばの初子で、物心ついたときから父親がもう老けこんで見え、遠からず、いつかわからないが、この人は私が成長するどこかで死んでしまうのだと思っていた。食卓でも、寝床でも、叱言を喰っている最中でも、父親の身体が焼かれて骨と灰になってしまう日のことがどうかすると思い浮かぶ。

まったく当時の私は、人生をただの手順としてしか理解できなかった。父親が死に、母親が死に、味噌汁やお新香と同じように私の生活に限りなくひっついていると思えるものたちが順々に居なくなって、そうして私も死ぬのだと思っていた。

私はとにかく日々成長していき、父親は逆におとろえ、ある一点をのぞいて私がそう望んでいないにもかかわらず、私たち親子の関係は体力的に逆転していった。父親のヒステリーと争って組み打ちをすると私が勝ってしまうようになったのは、十六七の頃だ。

私は幼い時期に、自分が畸型、乃至はそれに近い人間だと思いこんでいた頃があり、父親からその点に関してたえず叱咤され、励まされていた。父親は私に人並みの誇りを持たそうとしてしかつめらしい工夫をいろいろとしたが、それはすべて逆効果で、たとえ何であろうと、畸型ではないとしても、どうあがいても、洗練や、優等や、それらが結晶した結果の祝福にはほど遠い存在だと思わずにはいられなかった。学力を得ようと、一芸に秀でようと、全般的な洗練の可能性がなければ意味がない。私のような子供はそう思う。

私は級友に対して五分の関係を持つことができなかった。人間以下のもので、だから級友と同じ条件で競争などしてはいけないと思っていた。学校というところは、だから辛い。私は勉学をいっさい放棄し、しかし学校を放棄することもできず、学校の中で、級友の誰ひとりやらないことばかりを選んでやっていた。小説めいたものを記したりしたのもそのひとつである。

私は権利という意識を育てられなかった。何事に限らず、強制ということができない。自分には他人に強制できる権利などないと思っている。けれども、唯々諾々として他人に従っていることはできない。競争相手の居ない場所で勝手にやろうとする。他人の土地に攻めこむことはまったくしないが、そのかわり、私の土地を他人に蹂躙はさせない。

当時の私の眼には、元職業軍人の父親は典型的な別世界の人物に見えた。父親はその息子を同系にしうると即断し、私が命に代えても守りたいと思っている私独特の劣等の世界に攻めこんでくる。何があっても私は父親の思うような人間にはならない。たしかに劣等ではあろうが、優等と劣等は本来別系統なので、私のごく個人的な誇りは、お前等にはどうにもならんのだ。他《ほか》のものは残らずくれてやるが、これだけは動かせないぞ。私は内心で張りつめていて、劣等なことだけをやった。

父親はあくまで攻めこもうとし、私は頑強に劣等を守った。ここがさらに煮つまれば私も死ぬし父親も殺す。父親が早晩死ぬはずの存在だと思いながら、まんざら冗談でもなく殺意も併せ持っていたのはこの点に関してである。

その劣等の私が、父親を体力的に組み敷いてしまって、体力ばかりでなく、父親がそれなりに培ってきた内心までも踏みにじってしまったとき、私ははじめて人生というものに触れたような気がした。

私はそれ以後、父親の土地に二度と攻めこもうとしなかった。体力が逆転し、徐々にその差が開き、とどのつまり、父親がまず死ぬのだと思っていた。それが私の愚かなところで、ただ手順で物事を考えてしまう。

父親は、いつまでたっても、死なない。死ぬことを願っているわけではないし、死ななくていっこうにかまわないが、それにしても、死なない。逆転したかに思える体力は、その後、私の方もおとろえてきて、目下は五十歩百歩であり、手順や意味などで括って、人生とはこういうものだ、などという甘い結着を私が持つことを許さない。

偶然であれ、内容がどうであれ、父親の一生はまだ途上で、今生きている以上、果てなく生きると思うほかはない。


生家の跡に建った二棟の建物はいずれも闇に包まれているが、ふと、庭の通用口から眺めると、奥の父親の居る棟の方の庭に面したガラス戸が一枚開いていた。私は煙草を投げ捨てて庭から中に入った。

燈を消した居間に、父親が、いつも坐る位置にじっと坐っていた。父親は三十年ほど前から耳が遠くなり、ここ十年ほどはかなり聾同様で、ニュアンスの乏しい大声の会話しかできない。私が部屋に入っても、音の気配では視線が動かない。

私はファインダーをのぞくように、父親の前に顔をのぞかせた。そうして、まず、微笑した。

「お前――、身体は健康か」

「――駄目なんだ。もう衰えてきたよ」

私が顔を横に振るのを父親は見た。

「そうか。俺は少しいい。いくらかな。——もっとも、俺なんかが身体がよくなっても、喜ぶべきか」

「——悪いよりはいい」

「そうだ。悪いよりはいい」

父親は、疲れたときのような顔つきをしていた。そうして、ぽっつりといった。

「仕方がないな」

「——ああ」

「仕方がない。どうにもこうにも閉口だ。いつ死ねるのかわからん」

私はやっぱり微笑を返した。母親のかわりにしばらく泊ってやろうと思う。そのつもりで仕事道具を袋に入れて持ってきた。私は、いつも使っていない隣室に燈をつけ、卓を出して本を読むようなふりをした。今夜はさしあたり、急ぎの原稿はない。けれども私は、ときおり父親のそばに泊るとき、用があってもなくても終夜起きて燈をつけているようにしていた。昼間も寝ない。あいまあいまに少しずつうとうとする。小さい頃からの癖で、私は貴方たちの生活律では生きていませんよ、というところを見せたがるのである。そうでもしていないと、父親も母親も、私のことを単に自分たち小市民層からの脱落者としてしか見てくれず、私の生活律の存在を無視してしまうのである。私は五十になっても生家に戻るとそういうところにこだわってしまう。

私は、卓に寄りかかったまま、うとうとした。

隣室で、不自由な足を畳に擦るようにして歩く気配がし、

「おい――」

父親が嚙みつきそうな形相で、顔をのぞかせていた。父親は部屋の境の襖にすがって立っている。そうしないと上半身が折れるように前に曲がってしまう。

「電燈を消せィ――」

「――何故」

「世間体がわるい。今、何時だと思う」

「――しかし、やることがあるんだ」

「消せ。消せといったら消せィ」

私は燈を消した。そのかわり、寝ないぞという姿勢を示して、庭に面したガラス戸の開いているところに腰をおろした。

「もう、夜が明けかかってるよ」

私は外の空の方を手でさし示し、父親もなんとなく空を見た。父親の顔はもう平静に戻っていた。

「茶を吞むか。吞むなら自分でいれろ」

私は茶をいれ、父親の前におき、自分も吞んだ。静かな夜明けで、外には何の気配もな

い。

「犬が、あんなに訓練できるものかなァ」

「何の話?」

「あの、なんとかいったなァ。——盲導犬さ」

父親の頭には、ときおりテレビの画面などが残っていることがある。

「俺も犬を飼ったことがあるが、俺は駄目だ。わがままだから。犬は兵隊とはちがう。しつこく訓練しなくちゃ何もできない」

「兵隊だってそうさ。法律の力で、いうことをきいているだけだ」

私の長ゼリフは父親の耳に達しない。

「主従の判断がつくのだろうか」

「何が——?」

「——犬さ。訓練がむずかしいだろうな」

「訓練は反射神経だ。主従といったって、そう思ってるのは人間の方で、犬は反射神経だ」

「忠実なものだな」

「忠実というのは言葉があるだけで、誰も忠実な奴なんていない。忠という字は辞書から取ちゃった方がいい」

父親は私のセリフは聞いていない。

「お前のところでも何か飼ってるのか」

「犬が居るよ」

「――やっぱり犬か。訓練が大変だろう」

「訓練はしない。俺のところじゃいっさいやらないんだ。犬は犬のままさ」

「訓練がな、大変だ。お前がやるのか」

「――世話はカミさんがしてるよ」

「誰――？」

「女房――」

「大きい犬か」

「いや、小さいんだ。室内犬でも一番小さい奴」

「やっぱり、小さくても、訓練しないと駄目か」

「しないんだよ」

「部屋を汚すだろう」

「あ、いくつかの基本ルールは生まれたときにおぼえさせるんだ」

「そうだろう。大変だ。それでお前は、犬を訓練して飯を喰っているのか」

「いや、そうじゃないんだ」

「まァなんでもいい。しっかりやれ」

父親は冷えた茶をガブリと呑んだ。

「俺を当てにしてもらっちゃ困る。俺はもうすっかり駄目になった——」

私は答えずに、敷居のところに両脚を伸ばして、うす明るくなった庭を眺めていた。

「黒竜江を艦でのぼっていって、白系ロシア人がパルチザンに追われてごたごたするのを鎮めたことがあるんだ——」

と父親はひとりでしゃべりだした。

「白系ロシア人は家を捨ててばらばら逃げ散っちゃって、パルチザンがそれに火をつけたり、集団で酔って暴れたり、軍隊が行かないとしょうがないんだ。——それで、白系ロシア人が捨てていった、猟犬だな、それがたくさん居て、始末がつかない」

「——ああ、犬の話か」

「パルチザン共は、殺すというんだ。それはよせといってるうちに、それじゃ海軍で飼えというんだ。牛のように大きいのから、なんとかいう足の短い胴長の奴まで、うようよ居るんだ。飼えったって、艦の中でそうはいかねえやな。どうしようといってるうちに、とりあえず、方針が定《き》まるまでってんで、四五十四も居たかなァ、そいつ等が艦の中に入ってきちゃったんだ」

「————」

「どうにもしょうがないんだ。犬の方もかわいそうだったねぇ。艦内では、糞小便は許さんからな。夕方、岸辺に近いところに碇泊すると、犬どもが舷側で待っていて、じゃぼーんと飛びこんで泳いで岸にわたって、小便をしてまた艦に泳ぎ戻ってくる」

「――結構、慣れてるんだな」

「けれども艦は河の上流にばかり居やしねえやな。外海や、外海に近いところへ行くとな、犬たちは待ちに待ってるが、艦が停まりやしない。そのうちに待ちきれずに、じゃぼーんと飛びこんだって、岸がないんだ。泳いでも泳いでもなくて、どうしていいかわからない。そのうち疲れて沈んじまう奴もある」

「海の中では、しないんだな」

「なに――？」

「いや――、泳ぐのと、両方一緒にはできないな」

「何日も行動が続くと、犬どもは艦内を走り狂うんだ。それで、我慢の限界がきて、タラッとちびる。そうして走る。タラタラッとちびる。水兵が叱るから、走って走って、タラタラッ、結局、小便がなくなるまでそうやってちびりながら走ってる――」

父親はそこで口をつぐんで、へたりこんだような表情になった。

母親はその朝、弟の嫁につき添われて近くの大病院に行った。実際に鎖骨かなにかに罅《ひび》が入っていたようだけれど、まず何よりも自分の希望で入院した。

そのかわりに、平素、父親の毒気を避けて遠くに居る恰好の私がしばらく居残る。

「おじいちゃんか、あたしか、どっちかが病院に入らなくちゃ、おさまらないわよ」

「――ああ」

「このままじゃ、あたしは殺されてしまうからね」

「――だから、お袋さんが病院に入る、ひとまずそれでいいじゃないか。ゆっくり休んでこいよ」

母親はまだ感情的になっているが、私としては笑って受け流しているよりほかに術はない。私にも意見はあるが、私が自分流の生き方をするために生家をはなれてすごしている以上、生家のことに口出しをする資格がないように思える。

まァ、ちょっとそばに居てみろよ――、母親ばかりでなく、弟の眼もそういっているのがわかる。

彼等がそう思う以上に、私もそのことをずっと以前から考えているつもりではある。できることなら誰よりも私が父親のそばに居てやりたい。しかしそうするためには、私は父親の兵卒にならねばならない。それができるだろうか。

私も、母親も、弟も、事情は異なっているが、三人それぞれ、父親を生家に置き去りにした時期がある。

弟は一番長く父親のそばに居たが、学校を出たあと地方本社の会社に勤務した。母親は、戦後、自分の弟たちがやっている商売に参加し、夜だけ生家に戻ったり、戻らなかったり。しかし、父親を経済的に養ってきたという名分がある。

私は一番身勝手で、十代の頃から父親とその背後の世界とは無関係のところに自分の島を造ろうとして、劣等の方角をうろうろしていた。父親にはたえず感情移入していながら、私は依然として畸型意識で、まんざら畸型と関係なくもない神経病が途中からのハンデになったせいもあり、父親と両立しがたい生家にはいつも近寄らない。よかれあしかれ、そのうえに私の生き方が成り立っている。

父親は、実質的には、三十年余、ほとんど一人で日をすごしていた。弟一家が東京に転勤し、経済的な事情もあって同居しはじめたとき、孫を見て、父親はがくっと衰えた。

母親が、外での仕事、というより外での自分流の生き方から退いて、父親のそばに帰ってきたのは昨年のことだ。父親はその時点から、またがくっと衰えた。

父親は、この一年ほど前から特に下半身の機能が衰えて、小便をたえずちびりだしてしまう。紙おむつをしているのであるが、神経質で、ちびるたびにとりかえようとする。

本人にはいつちびったのかわからない。ふと気がつくとおむつが濡れているので、人の視線のないときなら、日に何度でも脱いでしまう。それで、厚着する冬場などは、脱いだものを穿く順番がわからなくなってしまったり、おむつのホックがとめられなくなったりする。

弟の嫁は私たち一族の中で唯一の尽し型で、長いこと弟と父親と二人の面倒を懸命に見てくれていた。弟は勤めに出ていくから、嫁は父親と向き合っている方が長い。父親もこの嫁を気に入って馴れ親しんだ。

けれども下穿きの世話はさせない。

「おじいちゃん、穿かしてあげましょうか」

といっても、両手をあげて、

「まァまァ、まァ――」

いいという。

自分の居間の掃除も自分でやる。下着も洗濯して自分で干す。

「おじいちゃんはダンディなのね。絶対にあたしに裸を見せないのよ」

しかし、母親がずっとそばにつくようになって、甘えるように何もやらなくなった。母親が下穿きを穿きかえさせる。昼間は間があくが、夜、ベッドに横になってからが頻繁で、とりかえるあとからもう濡らしてしまうらしい。その都度、母親は起こされる。不自由な足で母親の寝室まで行って揺り起こす。どれとどれをどういうふうに穿いたらよいかがわからなくなってしまうときもあるし、穿き方がわからなくなってしまうときもある。誰かが着更えを隠したといって怒るときもある。父親の身体の感覚はおおむね鈍磨してしまっているので、うすい布団や毛布では、身体に何もかかっていないに等しい。厚物を四枚も五枚も重ねてかけることを要求する。が、重すぎれば、一挙に重圧感に変るので、そのかね合いがむずかしい。母親はその都度、押入れから夜具を運びだし、怒鳴られながらさまざまにかけ変える。そうやって大騒ぎして、ようやく布団の中におちついてみると、もう下の方が濡れている。父親はさすがにしばらく我慢している。そのへんの神経は、鈍磨とは関係ないので、父親には、一滴のちびりでも、下腹一面が濡れているように感じてしまう。そうして母親がやっと寝ついた頃、我慢できなくなった父親が起こしに行く。毎夜である。

父親は、ほとんど茶も吞まない。水分を極度に制限している。が、括約筋の弛緩の問題である以上、ほとんど努力のしようがない。知らぬ間に濡れている。そうして母親以外にはその姿を見せまいとして、便所も自分でしょっちゅう掃除している。

私はその朝、父親が自分で穿きかえるところを眺めていた。父親のふぐりが白く粉をふいたようになって萎びている。

「寒いんだ」

と父親は私の視線を意識していった。

「冬なんかな。夜中に脱いでしまったあと、どうにもしょうがない。炬燵は消えてるしな。

腹から下は素ッ裸でぼんやりしてるんだ。俺は鍛えられたよ」

私は手伝おうとしたが、手を出すなィ、とはねつけられた。

「――うちの連中は皆、風邪をひいたが、俺だけひかなかった。皆、ひいたのにな。――もっとも、丈夫だってしょうがないんだ」

私は父親のこういういいかたに心をとめていた。これは本来、私のいいまわしで、以前の父親は絶対に捨台詞などいわなかった。私は逆に、捨台詞で裏打ちされていない言葉は絶対に吐かない。

なんにつけ捨台詞を加えなければならなくなった父親を、不用意に攻めこまないようにしたい。

私は言葉をえらんだ。

「九十九の祝いというのがあるんだろう」

「――なに？」

「九十九の祝い」

「――ああ、ある」

「何というんだっけ」

「白寿さ。百という字から、一本取るんだ。すると白という字になる」

「あと、四年、かな」

私は指を四本立てた。

父親は下半身裸のまま、眼を細めた。

「――秘密なんだが、考えていることがあるんだ。百歳になると、区役所から長寿の祝いに百万円貰える。白寿じゃ駄目だぞ。九十九だから。しかし、白寿を二日でも三日でも越せば、百だからな。それでお上から頂戴したら、阿矢《あや》に贈ろうと思う」

阿矢は弟の一人娘で、父親の唯一の孫である。

「学資にな。百万円だってどこかへ預けておけば利子で増えていくだろう」

「そうだね」

「阿矢が成人する頃は、いくらぐらいに増えるかね」

「利子以上に金の価値がさがるかもしれないけど、――それはいい考えだよ」

「哀れなもンだなァ――」と父親はまた捨台詞をいった。「孫に何かをやるのに、百まで生きなけりゃならん」

私は少しうとうとしたが、父親は眠らないらしく、朝のテレビをつけ放している。耳の遠い父親はラジオ時代から音量を極端にあげてしまうので、本人は普通の音と思っているのだが、私がたまさか生家に戻ってくる折りにも、数軒離れた四つ辻の向うから鳴っているのがきこえるのである。

父親はラジオテレビに執心しているのではなくて、静寂を厭うているのだから、終日ただかけ放しておく。隣家の子供が、うるさいッ、音を小さくッ、と叫んでも父親の耳に達しない。たまさか居る私は、隣家にすまないと思いながら、父親に注意することができなかった。私が少しでも口を出すと、問題の本質にことがさかのぼって、私自身が身動きがとれなくなってしまう。私は、父親の孤独も、隣家の迷惑も、両方を眺めているきりで解決をあとへあとへとおくらせてきた。そうして、砂がたまるように、父親は九十をすぎ、私は五十をすぎた。

「おじいちゃん、どう――?」

弟の嫁が、折り折りに様子を見に来る。

「まだすこし昂奮してる。明日、明後日はわからないが、今のところは、お袋のことが頭を去らないだろう」

「でも、おとなしいみたいね」

「俺じゃ、体力的に負けると思ってるから」

「それで、おにいちゃんは、ここでお仕事できそう」

「俺はたまさかだからな。気持が張っているから、大丈夫だよ。長くなるとわからんが」

私は一日を大過なくすごした。父親の方も私の方も特殊な日であって、大過の起きようがない。

「おじいちゃんは、おにいちゃんがくるといいみたいね」

「一緒に暮せばすぐぶつかる。それは親父が耄碌する以前からだ」

「でもパパは嫌われてるわ」

「そうだな、弟は長いから。親父にいわせれば弟はまともな人間で、それならもっと親父に忠実になるべきだと思ってるんだ」

私は夜、弟の棟の方に行って、ちょっと話しこんだ。

「ひとつ気がついたことがあるよ。親父はきっと、幻聴にたえず見舞われているにちがいない」

弟は乗らぬ表情できいていた。

「俺の持病は、幻視、幻覚、幻聴がつきものなんだが、それで、いろんな人の声や、知り合いの家庭状況なんかが、はっきり耳の中に入ってくるんだ。むろん実際の風景じゃない。幻聴だ。それは俺自身、わかっている。ところが少し時間がたつと、あの件は幻聴の方の風景だったか、実際のことだったか、記憶がこんがらかってくるんだ。毎日おびただしい声が何かを伝達してくるからね。それがいりまじってしまう」

「――――」

「それで――」と私はかまわず続けた。「親父はもう三十年も耳が遠くて、普通の会話をほとんどしていない。そのうえ一人で、話相手もなかった。親父は屈しなかったが、内攻はしているよ。きっと幻聴がずっと出てる。耄碌とはべつに、長いこと幻聴とだけ会話していたようなふしがある。たとえ幻聴だとわかっていても、それとのつきあいは深いよ。周辺の人にはわからない事象がいろいろと親父の中にはあって、我々にはどうしてそんな誤解をするのかわからないことで怒ったり昂奮したりするのかもしれない。――そこでだ、耳をとおしての会話は、特にニュアンスの細かいものは無理だが、ノートを作って皆で筆談を親父と交したらどうだろう。親父との外部の交通を復活させるんだ。紙に書いておけば、あとになって読み直すこともできる」

「もうおそいよ」

弟は憮然としていう。兄貴は書く商売だから、苦にならないだろう、そういう表情もうかがわれる。

私は、うっかり攻めこみすぎたかな、と思った。攻めれば、攻め返される。此方の不備も限りなくある。私は自分の不備を突かれて直せるか。

弟は起き直っていった。

「もうおそいんだ。見ればわかるだろ」

「おそいな、たしかに」と私もいった。「しかし、まだとばくちでもあるぜ。親父は、極めて緩慢に、果てなくという恰好で、衰退していく。百年生きてこうなって、すくなくとも今日死ぬ風情じゃないから、もう百年、だらだら下降線をたどって居るかもしれない。俺は小さいときから――」

「俺もだよ。俺は自分が最後に一人生き残るんだと思っていた」

「そうだな――」

私は笑った。弟は、父母は死に、兄は無頼で疲弊し、その兄を背負って生きようと、かつて思い定めていた頃があった。

弟の嫁が、不意に腰を浮かしたので、私たちは父親がガラス戸の外に来ていることにはじめて気がついた。

父親は、怖い顔をしていた。

大変だ、どうしよう、と嫁が呟いてガラス戸を開け、

「おじいちゃん、お入りなさい」

といった。父親はしばらく私たちをにらんでいた。

「何か、俺に報告すべき重大要件が定《き》まったか。あれば報告しろ」

「なんでもないのよ、おじいちゃん」

「そっちへ行くよ」

私は父親の肩を軽く支えながら、隣り棟に戻った。

父親は、彼の定座に倒れるように坐った。

「隣りの夫婦を呼べ」

「もう寝るだろう。あっちは朝が早いからね」

「つべこべいわずに、呼べ」

私は仕方なく、弟たちを呼んできた。

父親は放心したようにテレビを眺めていた。私たちがそれぞれの座についても、何もいわない。

「皆集まったよ」

「そうか――」と父親が打ってかわった弱い声でいった。「熊がな、庭に入ってきている。皆で探せ」

「熊、か――」

私たちはむしろ望んだように立ちあがり、三人連れだって庭に出た。そうして冷たい夜空を眺めた。

解説

荒川洋治

短い小説で、まず思い出すのは、織田作之助「木の都」。終戦の前年、「新潮」一九四四年三月号に発表。生まれ育った大阪の街を、さわやかな文章で描く。

そこに、ある家族が出てくる。父親は京都で洋食屋をしていたが、いまは大阪でレコード店を開く。息子の新坊は、徴用で名古屋の工場へ。ところが新坊は家が恋しくて、家に戻ってくる。叱って追い出してもまた戻る。思案したあげく、父親は店をたたんで、名古屋へ。「それよりほかに新坊の帰りたがる気持をとめる方法はない」。新坊の姉も、会社をやめ、名古屋の工場で、弟といっしょに働くことに。これだ、と思ってからの一家のスピードがいい。愛らしい。戦時下でも、心の世界を大切にしたいと願う作者の姿が感じとれる。ぼくはこの作品が好きだ。こういう作品があることが好きなのだと思う。「木の都」の翌年から始まる戦後にも、読み返したい優れた作品が多数書かれた。

本書『昭和の名短篇』の十四編は、昭和・戦後期、一九四五年八月から一九八九年一月の間に発表された。多くは四〇〇字詰原稿用紙で四十枚以下のものだ。作品の発表順に収録し、同年同月の場合（三島由紀夫と小林勝）は、生年順にした。題材、舞台の町、発表年代、初出誌はなるべく偏らないようにつとめた。以下、誌名のあとに、発表したときの年齢を記す。一部を新字、新仮名にするなど、表記を変えて紹介する箇所もある。

志賀直哉「灰色の月」（一九四六年一月・「世界」／六十二歳）は、作者が戦後初めて書いた作品。山手線の車内で、少年工の姿を見かける。逆回りに乗ったことを知らされた少年は「どうでも、かまわねえや」とつぶやく。そのひとりごとが「私」の心に残るのだ。物と物がぶつかるようなやりとりのあいまに、世情の変化も映し出された名編。明治生まれの文豪は、暮らしのなかで出会う人をどう見るか。どんな会話をするか。いまの時代には想像しがたいように思われる。そんなとき、「灰色の月」の情景が浮かぶ。

高見順「草のいのちを」（一九四六年二月・「新人」／三十九歳）は、終戦半年後の作品。戦争は終わったばかり。友人の内瀬を訪ねると、家の中から、突飛な歌声、笑い声。玄関で怒るように叫んでも、通じないことも。内瀬の帰宅を待つのに、やってくるのは、次々に別の人。新時代の明るく混沌とした日常風景を、リズミカルに描く。戦後派作家の「戦後文学」に先行する、貴重な作品である。最後に出てくる詩の原形は、『高見順日記』第三巻（勁草書房・一九六四年）の、一九四五年四月二十日の自作。「われは草なり」の題で、没後、詩画集『重量喪失』（求龍堂・一九六七年）に収録。以後、この詩は四半世紀以上、小学校の国語の教科書に掲載され、子どもたちに親しまれた。

中野重治「萩のもんかきや」（一九五六年十月・「群像」／五十四歳）。「そのとき私は萩の町をあるいていた」。町の端にかかり、「もんかきや」の女性を見つける。外からは女性の高い鼻くらいしか見えない。彼女は、戦争で夫を亡くした人であるとわかる。〈その「もんかきや」という仕事が、機械も動力も使わない全くの手仕事だということが、また紋つきの紋をかくというその商売が、女の鼻が西洋人のように高いだけにつらいものに見えてくる〉。旅景色を通して、戦後風景の芯にあるものがとらえられた。「萩のもんかきや」もまた「機械も動力も使わない」、心の目から生まれた名品だ。

三島由紀夫「橋づくし」（一九五六年十二月・「文藝春秋」／三十一歳）。芸者二人、料亭の娘と、お供の少女、合わせて四人が、願をかけながら、築地川にかかる橋を渡る。七つの橋を渡りきるまで口をきいたり、途中で人に声をかけられたら、願いは叶わない。四人のうち、三人は脱落、残る一人はどうだったか……。それぞれの橋の現れ方、女性たちの個別の心理を精妙に描き分けた、作者の短編の最高作。「橋づくし」のようなものを、ずっと書きつづけてほしいと、ぼくなどは希望するけれど、三島由紀夫にとって「橋づくし」は、数ある作品の一つでしかなかったのだろう。その意味でも慄然とさせる名作。

小林勝「軍用露語教程」（一九五六年十二月・「新日本文学」／二十九歳）は、第一作品集『フォード・一九二七年』（講談社・一九五七年）の一編。予科士官学校で潔は、対ソ作戦のためにロシア語の学習をさせられる。ある日、教官から原書を借りた潔は、ロシア語への興味がふくらみ、心の支えに。だが特攻要員となる彼は、「もうロシア語どころではなかろう」と教官にいわれ、突然、ロシア語を奪われてしまう。知るよろこび、そこから切り離される思いを、真率な、瑞々しい文章で伝える。「赤い壁の彼方」（一九五八年一月・「文學界」）は終戦を迎えた、士官候補生の少年の苦悩を的確に描く。

佐多稲子「水」（一九六二年五月・「群像」／五十七歳）。富山から東京に来て、旅館で下働きをする十代の女性、幾代。母危篤の電報が届くが、主人は冷たく、郷里に帰ることはできない。死亡を知らせる電報で、ようやく上野駅のホームへ。ふと幾代は、誰かが栓をしめわすれた、水道の蛇口に近づく。この作品はいろんな本で読めるけれど、その一つ、『水・三等車』（新編 雨の日文庫・麦書房・一九六五年）は、四十頁の冊子だ。子ども向けの挿絵入りのシリーズとして出されたものである。「水」の絵（箕田源二郎）は、上野駅のホームにしゃがんで泣きつづける少女。発表から三年しかたっていないが、その時点で早くも、多くの人に読んでほしいと願う人たちがいたのだろう。

深沢七郎「おくま嘘歌」（一九六二年九月・「新潮」／四十八歳）は、中期の代表作『庶民烈伝』（新潮社・一九七〇年）の一編。六十三歳のおくまは、夫に先立たれたあとも、しあわせに暮らしているけれど、ときどきバスに乗って、娘の家へ行くのだ。娘には、まだ小さな男の子がいる。おくまは、その孫のこともかわいいけれど、ほんとうは、娘の顔を見たいのだ。娘がどうしているかを知りたいのだ。娘には隠したい、微妙な心の動き。こうしたありふれた、でも重要な愛情の小景が、切れ目なく描かれた名品。

耕治人「一条の光」（一九六七年八月・「この道」／六十一歳）は、『一条の光』（芳賀書店・一九六九年／第二十一回読売文学賞）の表題作。戦前に出発、清廉純朴な作風はうけいれられず久しく低迷したが、「一条の光」で、作者の真価が示されることになった。ゴミを起点に、一条の光が走る。それは過去と未来をつなぐ光の世界でもあった。「群像」掲載の「天井から降る哀しい音」（一九八六年七月）、「そうかもしれない」（一九八八年二月）など、晩年の小説群も、読者の心を強くとらえた。その人生譜をたどるNHK特集「どんなご縁で――ある老作家夫婦の愛と死」（総合テレビ・一九八八年十月二十三日）の反響は大きく、二〇二一年九月にもBSプレミアムで放送された。

阿部昭「明治四十二年夏」（一九七一年一月・「群像」／三十六歳）。『司令の休暇』（新潮社・一九七一年）に収録。敗戦軍人の父は戦後、家族からも疎まれ、うつろな日々を送る。父の人生とは、どういうものだったのか。息子の「僕」は、はるか昔、中学生の父が、友人たちと上州へ無銭旅行をしたときの模様を、学友の手紙をもとに復元する。難路の楽しさ、ほのみえる若き父の笑顔。そこから折り返すように、「僕」は父の生涯を見つめ返すことになる。父と子、明治と昭和、戦前と戦後をつなぐ珠玉の作品。阿部昭は「天使が見たもの」（一九七六年一月・「群像」）、「家族の一員」（一九八〇年十一月・「作品」）など、印象度の高い短編を数多く残した。

竹西寛子「神馬」（一九七二年四月・「季刊藝術」／四十三歳）。神社の厩舎にいて、いつも人から見られる白い馬。餌をもらうと、馬は回ってみせる。少女が三度目に見たとき、声もかけられないのに、馬はひとりでに回っていた。「少女は、神馬と一緒に居たこれまでのどの時よりも不仕合せになっている自分に気づいた」。馬を見るたび、文が進むごとに、生きることの哀感が深められていく。「兵隊宿」（一九八〇年三月・「海」／第八回川端康成文学賞）、「湖」（一九八一年十月・「海」）なども読む人の心に刻まれる名編。

田中小実昌「ポロポロ」（一九七七年十二月・「海」／五十二歳）は、『ポロポロ』（中央公論社・一九七九年／第十五回谷崎潤一郎賞）の表題作。山の中腹にある、日本家屋の、十字架一つない小さな教会。牧師の父と、わずかな数の信者たちは、長びく戦争下、ことばにならない祈り、「ポロポロ」をつづける。「うちの教会では、ポロポロを受ける、と言う。しかし、受けるだけで、持っちゃいけない。いけないというより、ポロポロは持てないのだ」。すべては「ポロポロ」。そのことばのそばに集う人影が、可憐な童画のように描かれていく。作者のことばによる、独自の語りに魅せられる。田中小実昌は、文学のことばではなく、自分のことばをもった稀有の作家である。

野間宏「泥海」（一九七九年一、二月・「文藝」／六十四歳）。戦後文学を代表する作家の後期代表作の一つ。干からびて泥だけになり、海面を失った海。調査に来た講師粉川は、海の異変と、生態系の変化を知ることになる。「耳石」をさがし歩く、海老のイメージは鮮烈。不安な生き物である人間。その内部に広がる新たな闇を、迷いながら、漂いながら、確かめていく。四年前の野間宏詩集『忍耐づよい鳥』（河出書房新社・一九七五年）には、「内耳の放火者」「満月」など、自然環境にかかわる濃厚な詩編がある。

吉行淳之介「**葛飾**」（一九八〇年一月・「群像」／五十五歳）。腰痛が深刻。世田谷から三時間もかけて、葛飾の整体師のもとへ、通うことに。じきになおるといわれるが、「長期戦」に。老先生との奇妙な会話だけは、日に日にふくらんでいく。淡く軽やかに書かれながら、気脈が通った作品。文章の起伏が美しい。平成元年の「いのししの肉」（一九八九年三月・「小説新潮」）は、刑務所から出てきたらしい見知らぬ男が、再三訪ねてくる話。女性だけではなく男性を描くときも、作者の筆は冴えわたった。

色川武大「**百**」（一九八一年四月・「新潮」／五十二歳）は、第九回川端康成文学賞受賞作。「砂がたまるように、父親は九十をすぎ、私は五十をすぎた」。いま父は、九十五歳。百歳も夢ではないが、父の幻聴はつのっていく。「私」は埋もれた歳月を取り出し、なぞりながら、生家の父とことばを交わす。父と子の歴史は絡まりながら、なおも、この日もつづいていく。最後に、みんなで庭に出ていくところは、昭和文学屈指の名場面だと思う。色川武大の短編は、昭和に生まれ、昭和の終焉を飾った。

昭和・戦後期は、現在よりも純文学が熱く読まれた。文学が躍動した時代だ。新手法による小説が現れると同時に、後半の一九七〇年代には、戦前に登場した作家たちが熟成の作を発表。新旧、各世代の文学がそれぞれに存在感を示すことで、日本文学の軌道がこれまでになく膨らんだ。とりわけ多様な精神生活に基づく密度の高い短編は、戦争も終戦直後のことも知らない人にも鮮やかな印象を投げかけた。こちらはときに、知らない時代の人びとのことも思い浮かべることができる。確かな短編は、確かな思い出になるのだ。

これまでに二回、小説のリストを発表した。「週刊文春」一九八六年九月十八日号掲載の「短編コレクション・ベスト33」(海外の作品を含む)と、「文學界」二〇〇〇年一月号の「日本文学1900〜1999・一年一作百年百篇」である。増刊の編集も、二回。一つは、小説新潮五月臨時増刊『文庫で読めない昭和名作短篇小説1946〜1980』(新潮社・一九八八年)の編集。戦後の三十編を収録。そのあと、新潮創刊一〇〇周年記念『名短篇』(新潮社・二〇〇五年)で編集長をつとめた。明治以降の三十八編(戦後は二十一編)を収録。この『昭和の名短篇』は、以上のアンソロジーなどをもとにし、新たな作品を加えて構成したものである。収録をご快諾くださった著作者、著作権継承者のみなさん、本書を企画し、担当していただいた中央公論新社の太田和徳氏に深く感謝したい。

分量の関係、その他の事情で本書には収録できなかったが、重要と思われる短編の一部を以下に挙げておく。一九六〇年代までの主要な作品は、各社・日本文学全集の個人巻もしくは「名作集」に収められた。現在も文庫で読めるものが多い。

横光利一「微笑」(一九四八年一月・「人間」)/宮地嘉六「老残」(一九五二年三月・「中央

公論」）／小山清「落穂拾い」（一九五二年四月・「新潮」）／長谷川四郎「張徳義」（一九五二年八月・「近代文学」）／田村泰次郎「黄土の人」（一九五四年三月・「群像」）／安岡章太郎「サアカスの馬」（一九五五年十月・「新潮」）／梅崎春生「侵入者」（一九五六年二月・「新潮」）／有吉佐和子「海鳴り」（一九五八年九月・「文學界」）／吉村昭「少女架刑」（一九五九年十月・「文学者」）／木山捷平「苦いお茶」（一九六二年八月・「新潮」）／網野菊「一期一会」（一九六六年十一月・「群像」）／島村利正「奈良登大路町」（一九七一年七月・「新潮」）／三浦哲郎「石段」（一九七五年六月・「群像」）／和田芳恵「雪女」（一九七七年二月・「文學界」）／開高健「玉、砕ける」（一九七八年三月・「文藝春秋」）／松本清張「骨壺の風景」（一九八〇年二月・「新潮」）／小島信夫「再生」（一九八三年八月・「群像」）

出会った日から何回も読み、なかみを知っている短編でも、読み始めるときは、どきどきしてしまう。あの通りになっているだろうか、そろそろあの場面になるのだろうかと不安と興奮に包まれるのだ。短編は簡潔で文字通り短く、そして峻厳なので、一文一節の微動も見落とせない。文章の一つ一つが何かを表していくことが、不思議なことに思われてきて、意味の空気が薄いところにも、長くとどまりたい気持ちになる。すみからすみまで新鮮で、険しい。だから楽しい。それが昭和の短編なのだと思う。

（あらかわ・ようじ　現代詩作家）

編集付記

一、本書は、一九四五年八月から一九八九年一月の間に発表された日本の短篇小説のなかから、編者が十四篇選び、発表年代順に収録したものである。中公文庫オリジナル。

一、編集にあたり、中公文庫所収の作品をのぞいて、著者の作品集を底本とした。ルビについては底本に従ったが、適宜加除した箇所がある。初出、初収録、底本については各篇の扉裏に明記した。

一、本文中、今日の人権意識に照らして不適切な語句や表現が見られるが、著者が故人であること、発表当時の時代背景と作品の文化的価値に鑑みて、底本のままとした。

中公文庫

昭和《しょうわ》の名短篇《めいたんぺん》

2021年11月25日　初版発行
2023年11月25日　4刷発行

編　者　荒《あら》川《かわ》洋《よう》治《じ》

発行者　安部順一

発行所　中央公論新社
〒100-8152　東京都千代田区大手町1-7-1
電話　販売 03-5299-1730　編集 03-5299-1890
URL https://www.chuko.co.jp/

DTP　嵐下英治
印　刷　三晃印刷
製　本　小泉製本

Published by CHUOKORON-SHINSHA, INC.
Printed in Japan　ISBN978-4-12-207133-9 C1193

各書目の下段の数字はISBNコードです。978－4－12が省略してあります。

中公文庫既刊より

ち-8-1
教科書名短篇　人間の情景
中央公論新社 編
司馬遼太郎、山本周五郎から遠藤周作、吉村昭まで。人間の生き様を描いた歴史・時代小説を中心に中学教科書から厳選。感涙の12篇。文庫オリジナル。
206246-7

ち-8-2
教科書名短篇　少年時代
中央公論新社 編
ヘッセ、永井龍男から山川方夫、三浦哲郎まで。少年期の苦く切ない記憶、淡い恋情を描いた佳篇を中学教科書から精選。珠玉の12篇。文庫オリジナル。
206247-4

ち-8-9
教科書名短篇　家族の時間
中央公論新社 編
幸田文、向田邦子から庄野潤三、井上ひさしまで。かけがえのない人と時を描いた感動の16篇。中学教科書から精選する好評シリーズ第三弾。文庫オリジナル。
207060-8

ち-8-10
教科書名短篇　科学随筆集
中央公論新社 編
寺田寅彦、中谷宇吉郎、湯川秀樹をはじめ、岡潔、矢野健太郎、福井謙一、日髙敏隆七名の名随筆を精選。国語教科書の名文で知る科学の基本。文庫オリジナル。
207112-4

た-7-2
敗戦日記
高見　順
〝最後の文士〟として昭和という時代を見つめ続けた著者の戦時中の記録。日記文学の最高峰であり昭和史の一級資料。昭和二十年の元日から大晦日までを収録。
204560-6

み-9-13
戦後日記
三島由紀夫
「小説家の休暇」「裸体と衣裳」ほか、昭和二十三年から四十二年の間日記形式で発表されたエッセイを年代順に収録。三島による戦後史のドキュメント。
206726-4

み-9-11
小説読本
三島由紀夫
作家を志す人々のために「小説とは何か」を解き明かし、自ら実践する小説作法を披瀝する、三島由紀夫による小説指南の書。〈解説〉平野啓一郎
206302-0